KB062662

광수의 페달은 멈추지 않는다

너의 불안보다 빠르게 나아가면 돼
광수의 페달은 멈추지 않는다

초판 1쇄 인쇄일 | 2023년 6월 20일   초판 1쇄 발행일 | 2023년 7월 5일

지은이 | 이광수
그 림 | 김완교
펴낸이 | 강창용
기 획 | 강동균
편 집 | 신선숙
디자인 | 가혜순

펴낸곳 | 느낌이있는책
출판등록 | 1998년 5월 16일 제10-1588
주 소 | 경기도 고양시 일산동구 중앙로 1233(현대타운빌) 302호
전 화 | (代)031-932-7474
팩 스 | 031-932-5962
이메일 | feelbooks@naver.com

ISBN   979-11-6195-214-7   03810

빠르게 나아가면 돼
너의 불안보다

멈추지 않는다
광수의 페달은

이광수 지음

느낌있는책

시간이 필요했다. 생각을 정리해야만 했다. '왜 나한테만 이런 일이?' 나도 이 말을 하게 될 줄은 몰랐다.

20년 넘게 병원에 있는 아버지, 남편을 부양하고 자식을 키우느라 노후 준비라곤 못했던 어머니, 가장으로서 어머니가 감당해 오던 것들을 대학 졸업 후면 내가 감당해야 했다. 어떤 노력에도 삶이 반전될 것 같진 않았다.

대학교 마지막 학기가 시작되기 전 두 달의 방학

취업을 위한 스펙을 쌓느라 모두 바빴지만 나는 시간을 그렇게 쓰고 싶지 않았다. 나에겐 온전히 나에게만 시간을 쏟고 생각을 정리할 수 있는 마지막 기회였다. 현실을 외면하고 싶으면서도 한편으론 삶을 대하는 해법 같은 깨달음을 얻고도 싶었다. 그건 책상에 앉아서는 불가능했다. 다양한 장소에서 여러 사람을 만나 이야기를 들으며 앞으로 어떻게 살아갈지에 대한 답을 얻고 싶었다.

내게 '여행'은 여유 있는 사람만 누리는 '사치'였다. 그 시점에 자전거 전국일주를 생각한 이유는 '사치'라고 할 만큼의 비용이 발생하지 않아서였다. 그냥 학교에서 지내도 두 달간 기숙사비 77만 원과 생활비 50만 원까지 총 127만 원의 지출이 발생한다. 그런데 전국일주에 드는 장비비, 식대 등의 비용을 계산해 보니 방학을 학교에서 지낼 때 생길 지출보다 낮았다. 한정된 금액으로 전국일주를 하는 챌린지 같았다.

〈비용이 들었던 품목〉

중고자전거 7만 원, 1인용 텐트 3만 6,800원, 침낭 1만 700원, 노끈 3,000원, 안면마스크 1만 원, 속도계 2만 5,000원, 지도 한 권 1만 5,000원

→ 총 17만 500원

〈비용이 들지 않았던 품목〉

공기 주입 펌프, 펑크 수리 용품, 드라이버, 양말 세 켤레, 티 두 장, 수건 세 개, 축구복, 파자마 바지, 슬리퍼, 선글라스, 물통, 노트 세 권, 책 세 권, 헬멧, 장갑, 카메라, 휴대폰, 배터리와 충전기, 배낭, 피부약, 선크림

→ 주변에서 빌리거나 가지고 있던 것

"야, 그 중고자전거로는 안 돼.", "일주일 달리다가 돌아올걸?" 주변에 자전거로 전국일주를 하겠다고 했을 때마다 내게 돌아온 말이었다. 그때마다 나는 이렇게 대답했다. "할 수 있어. 할 거야. 할 수 있다니까?" 누구 하나 잘할 수 있을 거라고 말해주는 사람이 없었다. 전국일주라는 거사를 치르기에는 장비가 너무 부실하다는 것이었다. 게다가 나는 평소에 자전거를 즐겨 타지도 않았다.

하지만 내 생각은 달랐다. 나에겐 자전거 종류가 중요하지 않았다. 잘 굴러가기만 하면 문제가 없다고 생각했다. 자전거가 앞으로 굴러가는 이유는 내가 힘을 주어 페달을 밟기 때문이다. 따라서 중요하게 생각했던 것은 에너지가 될 충분한 잠과 부족하지 않은 식사였다. 그리고 내 의지. 장비를 핑계로 전국일주가 어렵다고 말하는 건 빈약한 의지 뒤에 숨어 자신을 합리화하는 그럴듯한 말에 불과하다고 생각했다.

계획은 그랬다.

* 숙박은 해수욕장에서 야영 → **무료**

* 세안은 해수욕장 샤워실 또는 공중화장실에서 해결 → **무료**

* 식사는 하루에 두 끼, 한 끼에 7,000원! → **50일로 따지면 약 70만 원**

* 제주도, 울릉도 → **선상료**

처음부터 완주를 기대하진 않았다. 인터넷상에서 자전거 도난, 파손, 건강상의 문제로 중도 포기하는 사례를 간접적으로 경험했다. 의지와는 상관없이 발생할 수도 있는 상황이었다.

서울에서 출발해 다시 제자리로 돌아오기까지 49일

여행하면서 경험했던 일들, 느꼈던 감정들을 적어내려갔다. 중고자전거로, 최소한의 돈으로 완주를 해낼 수 있으리란 내 예상은 틀리지 않았다. 그러나 그 과정은 내 예상과는 많이 달랐다. 그리고 삶에 대한 해법 같은 깨달음은… 이 책의 마지막에 담았다.

◆

이 책을 읽고 많은 분들이 힘을 내셨으면 좋겠습니다
포기하지 마세요

⊙ 자전거 여행 팁 ⊙

1. 아침에 시간 맞춰 억지로 일어나지 마세요. 더 이상 잠이 안 올 때까지 충분히 자고 일어나세요.

2. 주유소 사장님들은 친절하십니다. 길을 잃거나 화장실이 급하거나 시원한 물이 필요할 때는 부탁을 해보세요.

3. 답을 찾고 싶은 질문 몇 가지를 가지고 출발하세요.

4. 손을 놓고 자전거를 탈 수 있다면 내리막에서는 팔을 벌려 바람을 느껴보세요.

5. 어린 학생이 혼자 고된 여행을 한다면서 부탁을 하면 잘 들어줍니다. 주저하지 말고 부탁을 해보세요.

6. 지도에 의지하지 말고 길을 잘 모르겠으면 아무나 잡고 물어보세요.

7. 다만, 한 사람에게만 길을 묻지 말고 두세 명에게 물어보세요. 세 명이 다 다른 대답을 한 경우도 있었습니다.

8. 신나는 음악을 들으면서 자전거를 타면 좋아요. 힘이 납니다. 제가 제일 많이 들었던 노래는 제이슨 므라즈jason mraz의 〈리빙 인 더 모먼트living in the moment〉였습니다.

9. 싸구려 자전거가 도난에 안전합니다.

10. 책은 너무 무겁고, 가져가도 읽을 시간이 없습니다.

11. 너무 덥고 지치면 아이스크림을 드세요. 당분이 있고 시원해서 기운이 납니다.

12. 볼일은 아침저녁으로 꼭 보세요.

13. 휴지는 꼭 가지고 다니세요. 휴지가 없는 화장실을 만날 수 있습니다.

14. 자전거를 많이 타던 사람이 아니라면 엉덩이 쿠션이 있는 사이클복을 입거나 안장에 엠보싱 쿠션을 까세요. 나중에는 적응되지만 처음에는 엉덩이가 진짜 많이 아픕니다.

15. 여름에는 햇빛이 무척 강렬합니다. 장갑은 필수고 팔과 다리를 모두 가릴 수 있는 의상을 착용하세요.

16. 펑크 수리법은 꼭 배우고 출발하세요. 언제 어디서 바퀴가 터질지 모릅니다.

17. 웬만하면 기어변속 방식은 돌리는 거 말고 누르는 방식을 선택하세요. 돌리면 엄지와 검지 사이가 많이 아픕니다.

18. 야간 라이딩은 피할 수 없습니다. 전방 라이트는 밝은 것으로 준비하세요.

19. 아침 식사, 저녁 식사는 반드시 하세요. 아침을 먹지 않으면 달리는 내내 힘이 안 나고, 저녁을 먹지 않으면 다음 날 아플 수도 있습니다.

20. 여름이라면 보냉이 되는 물병을 준비하세요. 안 그러면 더운 날씨에 뜨거운 물을 마셔야 합니다.

21. 휴대폰 충전은 할 수 있을 때마다 틈틈이 하세요. 식당이 최곱니다.

22. 더워도 양말은 긴 걸 신으세요. 힘에 부쳐 오르막을 걸어 올라갈 때 양말이 벗겨집니다.

23. 가능하면 설치가 편한 원터치 텐트를 사용하세요.

24. 날씨가 우중충하면 텐트 주변으로 배수 도랑은 반드시 파세요.

25. 동쪽, 서쪽을 잘 체크해서 아침에 해가 뜰 때 그늘이 지는 곳 아래 텐트를 설치하세요. 안 그러면 아침에 일어나기 전에 찜통이 됩니다.

26. 쓸모없는 짐을 최대한 줄이세요. 허벅지 근육을 보호할 수 있습니다. 달리다 보면 쓸모없는 짐이 무엇인지 알 수 있습니다.

27. 어디든 머무를 수는 있겠지만, 씻을 수 있고 빨래도 할 수 있는 해변을 추천합니다. 안 씻거나 빨래를 하지 않으면 다음 날 냄새가 정말 고약합니다.

28. 자전거, 텐트 등 주요 장비가 가벼우면 같은 시간에 힘을 덜 들이고 멀리 갈 수 있습니다. 본인의 상황에 맞추어 최대한 가볍게 달리세요.

29. 차도를 침범하지 말고 갓길로 달리세요. 그래야 안전한 라이딩이 됩니다.

30. 비누만 사용해서 머리 감고 세수하고 샤워를 하세요.

31. 야영을 할 때는 사람이 너무 많지도 너무 없지도 않은 곳으로 가세요. 운이 좋으면 주변 사람들의 도움을 받을 수 있습니다.

32. 장거리를 달리면 체인이 늘어납니다. 오르막에 체인이 잘 이탈하니 항상 마음의 준비를 하면서 달리세요.

33. 저는 축구복을 입었는데, 몇 시간 안에 잘 마르는 옷을 입으세요. 면은 절대 안됩니다.

34. 텐트 후라이가 있더라도 정자처럼 비를 차단할 수 있는 곳 아래 텐트를 치는 게 제일 좋습니다.

35. 평상처럼 비가 와도 바닥에 물이 스며들지 않을 수 있는 곳에 텐트를 치세요.

36. 경사가 심한 오르막은 오기로 자전거를 타고 올라가지 말고, 힘들면 내려서 끌고 올라가세요. 허벅지에 무리를 주면 안 됩니다. 매일 달리는 전국일주는 마라톤과 같습니다.

37. 식당에서는 가능하면 TV 뉴스를 보고, 매일 일기예보를 확인하세요. 비가 오는 것을 확인하셔야 합니다.

38. 해가 떠서 지는 경로를 잘 알아두세요. 방향을 잡을 때 도움이 됩니다.

39. 일출 전 밝아지는 시간과 일몰 후 어두워지는 시간을 꼭 알아두세요.

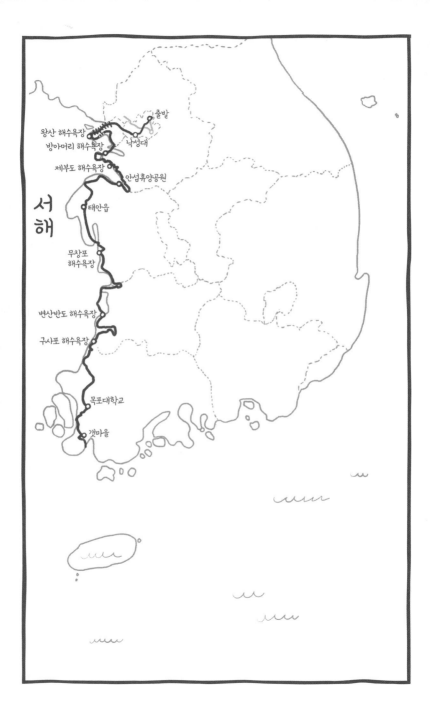

출발

왕산 해수욕장
방아머리 해수욕장
낙성대
제부도 해수욕장
안섬휴양공원

태안읍

서
해

무창포
해수욕장

변산반도 해수욕장

구사포 해수욕장

목포대학교
갯마을

1장 서해

장비

중고자전거, 1인용텐트, 침낭,
공기주입펌프, 펑크수리용품, 드라이버,
헬맷, 물통, 속도계, 지도,
카메라, 휴대폰, 배터리, 충전기,
피부약, 선크림, 비누, 노끈, 배낭,
노트, 책3권

입고

장갑, 슬리퍼, 선글라스,
양말 3, 티셔츠 2,
수건 3,
축구복, 잠옷바지,
안면마스크

먹고

칼국수 × 3
라면 × 2
컵라면 × 2
삼각김밥 × 4
공기밥 × 5
김밥 × 2
우유 × 2
김치찌개 × 2
아이스크림 × 12

자고

해수욕장 × 7
찜질방 × 1
지인 집 × 2
동아리방 × 1
공원 × 1

쓰고

- 밥 : 97,500원
- 아이스크림 : 9,100원
- 숙박 : 68,000원
- 자전거 포함 장비 : 180,150원
- 기타 : 17,500원
----
* 서해 총 비용 : **372,250원**

달리고

- 이동 기간: 12일
- 1일 최단 이동 거리 : 26.34km
- 1일 최장 이동 거리 : 121.61km
----
* 서해 총 이동 거리 : **877.36km**

7만 원짜리
중고자전거면 어때

출발하는 날, 늦잠을 잤다.

홀쩍 지나버린 시간을 보며 '오늘 떠나기는 글렀네⋯'라는 핑계를 대고 두려움 뒤에 숨어 포기하고 싶었나 보다. TV를 켜니 태풍이 오고 있다는 속보가 흘러나왔다. 태풍이 지나간 뒤에나 출발해야 하려나. 문득 부정적인 생각이 들었다. '전국일주를 꼭 해야 하는 걸까?'

매 학기 기숙사에서 지냈는데 올 여름에는 기숙사 신청을 하지 않았다. 나는 봄 학기를 마친 후 동기 자취방에서 신세를 지고 있었다.

늦잠을 자고 일어났는데 동기가 옆에서 쿨쿨 자고 있었다. 배낭을 둘러메고 마지막으로 빠진 짐이 없는지 확인했다. 문을 나서기 전 동기를 흔들어 깨웠다.

"나 이제 갈게."

"어. 가."

동기는 잠에 취해 무심하게 대답하고 다시 코를 골았다.

며칠 전부터 전국일주는 무슨, 일주일 뒤에 학교에서 보자며 너스레를 떨던 동기였다. 자전거를 전문적으로 타던 것도 아니고, 기본 체력도 별로인 데다, 장비도 부실하니 불가능이 예상되는 건 동기 입장에선 어찌 보면 당연했다.

집 밖으로 나왔다. 당장이라도 비가 올 것처럼 먹구름이 가득했다. 옷차림은 여행용 선글라스, 자전거 마스크, 남색 축구복(긴팔과 반바지), 흰색 운동화가 다였다. 전국일주한다고 떵떵거리던 사람의 행색이 아니었다. 괜히 사람들의 시선이 신경 쓰여 얼굴이 화끈거렸다.

● 성수대교 먹구름 가득

자전거에 배낭을 묶었다. 처음이다 보니 순서도 몰랐다. 배낭을 묶고 잠깐 달렸는데 중심을 잡지 못해 뒤뚱뒤뚱 흔들렸다. 힘주어 묶는다고 묶었는데도 배낭이 계속 흘러내려 바퀴에 걸려 '직직' 소리가 났다. 달리다 섰다, 묶었다 풀었다를 여러 번. 어설퍼도 한참 어설펐다.

공릉에서 출발해 낙성대 친구네 집까지 달렸다. 성수대교를 지나고 약간의 언덕도 지났다. 고작 30킬로미터를 달렸는데 너무 힘들었다. 첫날은 친구네 집에서 잤다.

둘째 날이 밝았다. 휴대폰으로 지도를 보면 배터리가 금방 떨어져 위급 상황이 생길 때 도움을 청하지 못할 수 있었다. 그래서 책으로 된 도로 지도를 보며 달렸다. 도로 지도만 보며 서울 도로를 달리다 보니 얼떨결에 지하 차도에 들어섰다.

지하 차도 내부에는 희미하나마 주황색 조명이 있었지만 달리는 차들이 전조등을 켜야만 앞이 보일 정도로 어두웠다. 바닥도 잘 보이지 않았고 갓길도 없었다. 내 자전거엔 자전거 반사등도 없었다. '빠―앙!' 이따금씩 운전자들이 나를 발견하고 경적을 울렸다. 자칫하면 큰일 나겠다는 생각에 손발이 떨려왔다.

'이럴 때일수록 침착해야지….'

차가 지나가다 살짝 부딪치는 바람에 온몸이 휘청거렸다. 결국 자전거에서 내려 먼지로 얼룩진 벽에 몸을 바짝 붙이고 자전거를 끌고 걸어갔다. 그렇게 한 발 한 발 지하 차도를 무사히 빠져나왔지만 두근거리던 심장이 쉽게 진정되지 않았다.

서울을 빠져나와 영종도 북쪽 방조제에 올라섰다. 고작 이틀을 달렸는데 허벅지는 수십 개의 바늘로 찌르는 듯했고, 엉덩이는 곤장을 수십 대 맞으면 이럴까 싶을 만큼 욱신거렸다. 자전거 안장에 3초 이상 앉아 있을 수가 없어서 엉덩이를 빼고 허벅지로 앉았다. 페달을 밟을 힘도 없었다. 속도는 계속 느려졌다. 짧은 거리를 오래 달리게 되니 점점 더 지쳐가는 악순환이었다.

에라 모르겠다 싶어 자전거를 세우고 옆에 누웠다. '처음이라 그럴 거야. 견디면 괜찮아질 거야.' 마음속으로 되뇌고 또 되뇌었다. 생각해 보니 아침부터 한 끼도 먹지 않았다. 긴장이 높으면 배고픔도 못 느낀다.

왕산 해수욕장에서 운 좋게 평상을 임대하는 사장님을 만나 무료로 평상을 얻었다. 그곳에 텐트를 폈다. 서울을 빠져나오느라 엄청난 에너지를 소비한 데다 지하 차도 때문에 심리적 피로감도 상당했다.

첫 야영. 사이즈가 내 키에 딱 맞는 일인용 텐트가 아늑하고 좋았다. 눕자마자 잠이 쏟아지려는데, 밖에서 사장님과 놀러온 지인들이 나누는 대화가 들렸다. 사장님이 걱정스럽게 말했다.

"저분이 자전거 전국일주를 한다는데 잘할 수 있을지 모르겠네요."

다른 지인분이 말했다.

"잠깐 보니까 자전거도 접이식 생활자전거던데 버틸 수 있을까요? 앞으로 천킬로미터는 넘게 타야 할 텐데. 반사등도 없고 전방 라이트도 희미하더라고요."

내 생각은 달랐다. 어떤 일이든 갖추고 시작하면 좋겠지만 있으면 있는 대로, 없으면 없는 대로 할 수 있다고 믿었다. 페달을 밟아서 앞으로 나아갈 수만 있다면 된다고 생각했다. 완벽하게 갖추어지지 않았다고 시작도 못해보고 포기했다면 나의 오늘은 없었을 것이다. 나는 전국일주를 더 성공시키고 싶어졌다.

● 왕산해수욕장

어렸을 때부터 뭐라도 해보겠다고 하면 '너는 안 돼.', '네가 무슨.' '돈이 어디 있어.'라는 말이 꼬리표처럼 따라붙었다. 도전도 못해보고 체념하고 포기했던 건 늘 후회로 남았기에 더 이상 후회하지 않는 인생을 살겠다는 발버둥이었다.

이 일주가 나를 많이 닮았다. 초라하고 보잘것없지만 의지 하나만 믿고 달리면 성공할 수 있다는 확신이, 나에겐 있었다.

내가 탔던 중고자전거는 당초에 전국일주 용으로 생각해 놓은 자전거가 아니었다. 나에겐 중학교 때부터 타던 자전거가 있었다. 그 시절 동네에 행사가 있을 때마다 자전거를 갖고 싶어 경품추첨에 참여했는데 당첨되는 행운은 없었다. 낙심하고 있던 나에게 어머니가 선물처럼 사준 자전거였다.

전국일주를 계획하면서 집에 있던 그 자전거를 화물로 받아 학교 내에서 타고 다녔는데 출발하기 3일 전, 지하철역 주변 자전거 보관대에 잠시 세워뒀다가 도둑맞았다. 자물쇠 비밀번호 키 4개 중 하나만 돌려 묶어 놓는 습관이 있었는데, 아마도 내가 자전거를 세워둘 때 주변에서 번호 키 돌리는 것을 유심히 보다가 가져갔을 것이라고 추측해 본다. 그런 고물은 어디 가서 팔지도 못할 텐데 말이다.

어릴 때부터 타던 자전거로 전국일주를 하려고 했던 이유는 장비를 살 경제적 여유가 없었기 때문이기도 했지만, 나와 오랜 세월을 함께했기 때문이었다. 새로 적응할 필요 없이 내 몸에 가장 익숙하고 능숙하게 탈 수 있는 내 몸에 맞는 자전거였기 때문이었다. 위험한 상황이 와도 한 몸처럼 반응할 수 있으리라 기대했다. 그런 자전거를 출발하기 3일 전에 도둑맞다니. 누군가 방해한다는 느낌마저 들었다. 다음 날 다시 그 자리에 가봤지만 자전거는 없었다.

　　그날로 바로 중고마켓을 찾았다. 가장 비슷한 자전거를 찾아다녔다. 마치 요한 볼프강 폰 괴테의《젊은 베르테르의 슬픔》에서 베르테르가 로테와 처음 춤을 출 때 입었던 푸른색 연미복과 노란 조끼처럼. 낡아 버릴 때가 되면 먼저 것과 소매도, 깃도, 노란색에 바지 모양까지 모두 똑같이 새로 맞췄던 것처럼. 나는 베르테르와 같은 마음으로 중고마켓에서 나만의 자전거를 찾아다녔다.

● 전국일주를 함께한 내 자전거

색깔만 달랐지 21단 기어, 휠 사이즈, 앞뒤 쇼바(서스펜션, 즉 완충장치), 접이식까지 모든 것이 똑같은 자전거가 하나 있었다. 게다가 가격도 7만 원으로 저렴했다. 직거래 장소는 기숙사에서 한참 먼 인천이었지만 고민도 없이 사겠다고 전화를 걸었다.

잃어버린 자전거가 새로 구입한 중고자전거보다 안전하지 않았을 수도 있다. 너무 오래되고 낡았었으니까. 그렇지만 그 자전거가, 나와 어린 시절을 같이 보낸 그놈이 나를 보호해줄 것만 같았다. 일종의 '의식'과도 같았다.

어린 시절부터 이런 의식은 나에게, 혹은 어머니에게 꼭 필요했다. 초등학교 때 어머니와 같이 교회에 가서 기도를 드렸고 어머니가 하는 기도를 들었다. 대게는 아버지에 대한 내용이었다. 아버지의 장애는 물리적으로 회복되거나 상태가 나아지는 것이 아니라 본인의 노력으로도 어떻게 할 수 없는 '불가항력적인' 장애였다. 그것을 낫게 해달라고 우리는 기도를 드렸다.

신이 문제를 해결해 주지는 않았다. 응답이 없었기에 더욱더 이 시련을 스스로 딛고 일어나야 한다고, 그렇게 신께서 말하고 있다고 혼자 해석할 뿐이었다. 정작 바뀌는 건 없었지만 계속 교회에 갔던 이유는, 그것을 신께 고하면 해결해줄 것이라는 얄팍한 믿음으로 속에 담아 두었던 이야기를 진실로 말하는 가운데 얻는 마음의 평안 때문이었다.

계속 가난하고 싶지 않았다. 지금보다 더 나은 삶, 어머니가 좀 더 행복한 삶, 좀 더 잘 먹고 잘 사는 남들과 같은 평범한 삶을 살고 싶었다. 그래서 종종 도전을 했다. 어머니의 희망은 우리였다. 나는 어렸고, 내 삶을, 우리 삶을 바꿀 수 있는 기회의 시간들이 있었다. 도전은 돈 주고 사는 것은 아니었다. 물질적으로 부족한 것은 친구에게 빌렸고, 새것을 사지 못해 중고를 샀고, 몸으로 부딪치며 도전해 볼 수 있을 만한 환경을 꾸준히 만들었다. 지금 이 일주도 마찬가지였다.

텐트에서 맞이한 태풍

다음 날 영종도를 빠져나와 월곶포구, 소래포구를 지나 남쪽으로 내려갔다. 갑자기 빗줄기가 쏟아졌다. 지나가는 차에서 와이퍼가 정신없이 움직이는데도 운전자가 보이지 않을 정도로 비가 거셌다. 짙은 안개와 폭우 속에서 차들이 하나같이 비상등을 켜고 기어갔다. 도저히 자전거를 탈 수 없는 상황이었다. 정왕IC 부근 다리 밑에 들어가 비가 잦아들길 기다렸다. 한 시간쯤 지났나? 갑자기 배가 부글부글 끓었다. 심상치 않았다. 긴장한 탓인지 화장실도 3일 동안 안 간 터였다.

차도 많이 다니고 휴지도 없고 일을 본다 해도 은폐할 곳도 없었다. 한 번 참으면 몇 분은 괜찮아졌지만, 불행하게도 참을 수 없는 고통이 점점 심해졌다. 더 이상 참아보자는 생각 따위는 깨끗이 사라졌다.

자전거에 올라 그대로 빗속으로 뛰어들었다. 빗줄기는 바가지로 물을 끼얹는 것처럼 엄청났다. 10초도 안 돼서 속옷까지 전부 젖었다. 그럼에도 오로지 화장실을 찾아 전속력으로 달렸다. 얼굴로 들이치는 빗줄기에 눈도 제대로 뜰 수 없었다. 화장실! 화장실! 그렇게 달리던 중 나타난 옥구공원. 도로 지도에는 나와 있지도 않았는데 얼마나 반가웠는지 모른다. 정말 짧은 순간이었다. 공원 화장실 처마 안쪽에 자전거를 세워 놓고 서둘러 일을 마쳤다. 화장실에서 수건으로 머리도 닦고, 몸도 닦고, 옷도 짜니 어느새 날이 갰다. 포근한 햇살이 반가웠다.

● 영종도 자전거도로

● 옥구공원 화장실

시작이 반이라는 말이 있다. 한 발을 내딛는 출발의 단계는 항상 그런 것 같다. 온갖 핑계를 대며 두려움 뒤에 숨고 싶기도 하고, 자전거에 배낭을 묶는 일처럼 간단한 일도 여러 번 반복해야만 겨우 하게 될 정도로 어설프고, 지하 차도에 들어가는 것처럼 실수도 저지르고, 갑자기 배가 아파 돌발 상황이 발생하는 것처럼 말이다.

이 모든 상황은 어떤 목표나 가치를 이루기 위한 첫 단계이다. 성취를 위해 반드시 거쳐야 한다. 첫 단계를 지났을 때 비로소 편안하고 안정된 상태에 다다르게 될 것이다. 나는 이제 걸음마를 뗐다. 어설프게 걷다가 다시 넘어질 수도 있겠지. 아마도 가장 힘들고 포기하고 싶은 순간일 것이다. 그 첫 단계를 포기하지 말고 즐길 필요가 있다.

오이도를 지나 시화호 방조제에 올랐다. 바다 위로 직선 도로가 끝없이 펼쳐졌다. 넓은 바다를 보니 마음도 편안해졌다. 방조제 끝 방아머리 해수욕장에 다다르니 벌써 해가 지려고 했다.

● 시화호 방조제

식사를 하고 나무가 무성한 야영장에 텐트를 쳤다. 우천에 대비하기 위해 바닥에 방수제도 깔고 텐트 후라이도 쳤다. 야영지에는 한 팀이 더 있었는데 텐트가 크고 튼튼해 보여 웬만한 비에는 끄떡없을 것 같았다. 한숨 돌리고 자려고 누웠는데 비가 왔다 그쳤다를 반복했다.

늦은 밤, '후두둑' 비 오는 소리가 제법 커져 잠에서 깼다. 발끝에 차가운 감촉이 느껴졌다. 빗물이 텐트를 타고 흘러내려 바깥으로 나가야 하는데 바닥에 깔려 있던 방수제 안으로 흘러들었다. 급한 마음에 물을 흡수시킬 만한 수건, 공책을 꺼내 물기를 닦아냈다.

잠시 후 비는 그쳤지만 자다가 비가 또 내릴지 모른다는 불안감에 돌을 주워 들고 텐트 주변으로 배수 도랑을 깊게 팠다. 튼튼한 텐트를 가지고 온 옆 팀에서는 평화로운 웃음과 담소가 오갔다.

'후두두둑', 다시 잠든 지 얼마 지나지 않아 또 빗소리에 잠에서 깼다. 배수 도랑이 깊어서 물이 쉽게 텐트로 들어오진 않았지만 마음이 놓이지 않았다. 제발 그쳐라. 제발 그쳐라. 주문처럼 혼잣말을 하며 한 시간을 앉아 있었다. 바람과는 달리 비는 굵어졌고 바람도 더 거세졌다.

이거 태풍인가??

출발하는 날 태풍이 온다는 소식이 있었는데, 자전거 타는 데 온 신경을 집중하느라 생각을 못 하고 있었다. 상황은 점점 더 악화되었다. 배수 도랑도 소용이 없었다. 텐트 안으로 더 많은 물이 들어왔고 바람도 사나워졌다. 텐트를 친 곳이 언덕이라서 바람이 더 심하게 불었다. 강풍에 지지대가 휘면서 바닥에 박은 지지못이 뽑힐 것만 같았다. 해변으로 향해 있던 텐트의 두 면이 거센 바람에 불룩하게 안으로 들어왔다. 두 면 중앙에 있는 지지대 하나로는 강풍을 버티지 못할 것 같아 불룩하게 들어온 각 면의 중앙을 양 팔로 밀어내 받치고 있었다. 강풍이 계속되면서 손이 묶여 꼼짝없이 수십 분을 부동자세로 있었다. 아무래도 바람이 잦아들 기미가 보이지 않았다. 텐트가 통째로 날아가 버릴 것 같이 더 거세졌다. 천장에 지지대가 겹쳐지는 곳을 손으로 잡고, 한쪽 발과 한쪽 손으로 불룩하게 안으로 들어온 텐트의 두면을 받쳤다.

우스꽝스러운 내 모습에 헛웃음이 나왔다. 어떻게든 텐트가 날아가는 것만은 막겠다고 그렇게 버티고 있었다. 한 시간… 두 시간… 새벽 4시쯤, 강풍이 절정에 달했다. 순간적인 바람에 옆에 세워 놨던 자전거가 텐트 쪽으로 넘어지면서 결국 지지대가 무너졌다. 텐트는 더 손쓸 수 없었다. 그물에 잡힌 물고기가 이런 모습일 것 같았다.

필요한 짐만 서둘러 가방에 넣어 둘러메고 텐트 지퍼를 열고 나왔는데, 굵은 빗방울이 강풍을 타고 얼굴을 세차게 때렸다. 바람이 이렇게 세다니… 앞으로 걷기는커녕 제대로 서 있을 수조차 없었다. 새벽 바다는 회색빛이 감돌았고, 하늘에 두꺼운 먹구름이 깔려

● 텐트 안에서 태풍과 싸우는 중
● 빨래하고 말리는 중

있었다. 승용차 한 대는 거뜬히 삼킬 것 같은 파도가 겹겹이 몰려왔다. 바로 옆에 있던 팀도 사라지고 없었다. 튼튼해 보였던 텐트도 힘없이 펄럭이고 있었다.

저녁 식사를 했던 식당 앞 처마로 몸을 피했다. 이를 어쩌지? 추위에 몸이 덜덜 떨렸다. 마침 식당 위에 민박이 있어서 전화를 걸었다. 오랜 통화 연결음 끝에 할아버지가 전화를 받으셨다.

"여보세요. 민박이죠? 지금 숙박할 수 있나요?"

"예. 몇 분이세요?"

"한 명이요. 지금 바로 밑인데 문이 잠겨 있어서요."

잠시 뒤 할아버지가 나오셨고 사정을 말씀드렸다. 내가 물었다.

"혹시 몇 시까지예요?"

"12시."

조금 더 있었으면 하는 마음으로 되물었다.

"네? 12시요?"

"그냥 일어나는 대로 가도록 해."

다행이라는 생각이 들었다.

민박에 들어간 시각이 새벽 5시경. 카메라는 끝까지 사수했지만 나머지 짐은 다 젖었다. 도로지도도 물에 빠졌다 건져 올린 것처럼 젖어서 흐물흐물했다. 이대로 말라버리면 종이 뭉치가 될 것 같았다. 한 장씩 조심스레 떼어서 말렸다. 옷이랑 텐트도 빨았다.

정리를 마치니 아침 8시였다. 그대로 뻗어 잠에 들었다. 네 시간 뒤 일어나 거울을 봤다. 한쪽 눈이 붓고 눈알은 벌겋게 충혈되었다. 몸도 쑤셨다. 언제 그랬냐는 듯 창밖에 햇살이 내리쬐고 있었다. 휴대폰으로 확인해 보니 태풍이 지나갔다는 소식이 전해졌다. 널어놓은 옷이랑 텐트를 확인했다. 마르려면 아직 한참 남았다는 생각도 잠시, 마침 할아버지가 오셨다. 언제쯤 갈 거냐는 물음에 해질 때쯤 말씀드린다고 했다. 내 마음대로 시간을 연장했지만 별다른 말없이 허락해 주셨다. 저녁이 되어도 빨래가 마르지 않아 할아버지께 더 있겠다고 하고 편의점에서 저녁을 사왔다.

갑자기 어머니한테 전화가 걸려왔다.

"뭐하고 있어?"

"여행하고 있어."

"하이고. 언제 출발했어?"

자전거 여행을 하겠다고 일러두었지만 날짜를 말하지 않았었다.

"월요일에."

"친구들은?"

"같이 있지."

혼자 간다고 하면 말릴 것이 뻔해서 같이 갈 사람이 있다고도 했었다.

"친구들이랑 사진 찍어 보내."

"알았어. 나중에 보낼게."

나는 왜 혼자 이 일주를 하고 있을까? 생각을 정리할 시간이 필요했다. 마주한 현실로부터 멀어지고 싶은 마음과 '어떻게 살아야 하는지'에 대한 답을 얻고 싶었다.

20년간 병원에 계신 아버지를 돌보며 우리 남매를 키운 어머니, 자식들을 부족함 없이 키우느라 노후 준비랄 게 없었던 어머니, 내가 대학을 졸업하고 취직을 하면 몸이 좋지 않은 어머니는 은퇴를 하고 나는 가정을 책임지는 가장의 역할을 맡아야 했다.

저축은 할 수 있을까, 결혼은 할 수 있을까, 예측 가능한 답은 '할 수 없다'였다.

하루 벌어 하루 사는 삶을 살 것 같았다.

내가 살아가는 방식

다음 날 아직 양말과 신발이 마르지 않았다. 텐트를 고정시키는 지
지못 두 개와 장갑도 보이지 않았다. 정리하고 밖으로 나왔다. 날씨
가 참 따듯했다. 눈을 크게 뜰 수 없을 정도로 햇살이 눈부셨다. 언
제 태풍이 왔었냐는 듯 아스팔트 도로 위로 아지랑이가 피어올랐고
온기가 온몸을 감싸고돌았다.

　젖은 운동화는 신발끈을 길게 빼서 자전거 앞에 묶었다. 잃어버
린 지지못과 장갑을 찾기 위해 지난밤 사투를 벌였던 곳으로 다시
갔다. 지지못 한 개는 야영했던 자리에 박혀 있었고, 한 개는 식당으
로 가는 길에 떨어져 있었다. 장갑은 찾지 못했다.

　방아머리를 지나 영흥도를 돌아나가는 평지에서 갑자기 다리에

힘이 들어갔다. 알고 보니 뒷바퀴에 바람이 새고 있었다. 언제 한번은 펑크가 나리라 예상은 했지만 갑작스러웠다. 오늘 안에 제부도까지 가려면 시간이 없는데….

일단 뒷바퀴를 분리해 내려고 가져온 연장을 뒷바퀴 너트에 맞추고 힘껏 돌렸다. 연장이 헛돌았다. 처음 해보는 펑크 수리였다. 분명히 딱 맞는 연장이었는데 돌려 보니 연장 구멍이 약간 컸다. '아, 빨리 가야 하는데…' 근처에 자전거 센터가 없어서 길을 물어 오토바이 센터로 갔다.

"계세요?"

"네."

가게 안쪽에서 아주머니가 나오셨다.

"자전거가 펑크 났는데 연장을 구할 수 있을까 해서요."

"연장이 왜 필요해?"

"자전거 뒷바퀴를 풀어야 하는데 제가 가지고 온 연장이 안 맞아서 못 풀고 있어요."

"뒷바퀴를 왜 풀어. 안 풀고도 펑크는 고칠 수 있는데."

"네? 어떻게요?"

"우리는 자전거 안 보는데."

거절의 말을 하면서도 몸은 고칠 준비를 하고 있었다.

"이리로 가져와 봐. 잘 봐. 바퀴 안 풀고 때우는 법 알려줄게."

바퀴 바람을 다 빼내고 브레이크도 풀어내서 연장을 바퀴에 넣고 쓱쓱 돌리니 바퀴 타이어가 굴레 밖으로 툭 튀어나왔다. 타이어 안에 있던 고무 튜브를 확인했더니 펑크가 나서 땜질했던 부위가 한 군데 있었다.

중고자전거 직거래 당시, 구입하고 몇 번 안 타고 아파트 안에만 모셔놔서 녹도 없이 새것처럼 깔끔하다고 했는데, 순 거짓말이었다.

아주머니는 바퀴에 가시가 더 박힌 곳이 있는지 확인해 줬고 바람까지 빵빵하게 넣어주었다. 허리 숙여 감사하다고 인사를 드렸다. 오토바이 센터 아주머니의 도움으로 해가 떨어지기 전에 제부도에 도착할 수 있었다.

다음 날 물에 젖었던 라이트는 하루 말려서 건전지를 교체하니 작동되었고, 자전거 체인은 녹슬어 '철컹철컹' 소리가 났다. 제부도를 빠져나오는 오르막 언덕길. '드르륵 드르륵 철컹' 페달에 힘을 많

● 제부도 가는길

이 주었더니 체인이 늘어나 풀리면서 앞 기어에 꽉 끼었다. 체인이 끊어지면 모든 게 끝이었다. 페달을 손으로 잡고 반대 방향으로 힘껏 눌렀다. '픽' 둔탁한 소리와 함께 페달이 회전했다. 다행히 체인은 멀쩡했다. 오르막길에 기어를 내리면서 잘 이탈했는데 제대로 한방 먹었다.

화옹 방조제, 남양 방조제와 포승공업단지, 아산만 방조제, 삽교천 방조제를 지나 77번 도로를 따라 달렸다. 정해진 목적지는 없었다. 자고 일어나서 달리고 해가 지기 전에 도착지를 살폈다.

오늘도 해가 지려고 해서 머물 곳을 살폈다. 안섬휴양공원, 이곳은 사유지 휴양공원이었다. 입구 표지판에 붙어 있는 번호로 전화를 했다. 사정을 말씀드리니 감사하게도 흔쾌히 야영할 자리를 마련해 주었다. 인사를 드리고 야영할 자리를 잡았다.

● 안섬휴양공원
검은 개미가 페지어 텐트로 올라와서 방충망에 구멍이라도 있었으면 잠을 못 잘 뻔했다.

처음엔 필요할 것 같아 챙겼는데 달리다 보니 막상 필요하지 않은 짐이 있었다. 편의점 택배를 이용해 동기네 집으로 보낼 생각이었다. 정리해 보니 책 세 권, 운동화, 드라이버, 줄자, 고무줄 등이 필요하지 않았다. 책은 읽을 여유가 없었다. 쉴 때는 아무 생각 없이 쉬고 싶었다. 운동화는 젖어서 마르지도 않고 무겁기만 했다. 이틀 동안 슬리퍼를 신었는데 전혀 불편함이 없기도 했다. 무게는 고작 3~5킬로그램밖에 되지 않았지만 쌀 한 가마니는 덜어낸 것처럼 가벼웠다. 마치 일주일간 발목에 차고 있던 모래주머니를 벗어낸 느낌이었다.

다음 날도 전날처럼 무더웠다. 석문 방조제를 지나고 대호 방조제를 지나는 길에 맞바람이 불어왔다. 맞바람에 달리면 힘이 두 배로 들었다. 뜨거운 햇빛도 허벅지와 손등에 그대로 닿았다. 빨갛게 익어버린 피부가 욱신거렸다. 불볕 더위에 대호 방조제를 지나 슈퍼에 잠시 들러 아이스크림을 먹었다. 앞으로 가야 할 길이 먼데 맨살이 계속 햇빛에 노출되면 버틸 수 없을 것 같았다. 다시 슈퍼로 들어갔다.

"아주머니, 근처에 긴 바지 살 데 있나요?"

"이 근처엔 옷 파는 곳이 없는데. 왜 그러는데?"

"다리가 너무 따가워서요."

"그럼 팔 토시를 다리에 착용하면 어때? 좋은 팔 토시는 있는데."

기가 막힌 아이디어다. 바지 비용도 아낄 수 있고 효과적으로 햇빛도 막을 수 있었다. 팔 토시는 검은색과 분홍색이 있었는데, 검은색은 보기만 해도 더울 정도로 질려버려서 분홍색으로 샀다. 파란색 축구복에 분홍색 팔 토시를 다리에 끼고 있는 모습이 마치 광대 같았다.

77번 국도를 타고 내려갔다. 태안읍에 다다르니 해가 지려고 했다. 다음 날 수강 신청이 있어서 찜질방에 있는 PC를 이용할 생각이었다. 휴식도 필요했다. 자전거를 안전한 곳에 세워두고 찜질방으로 들어갔다. 전국일주 7일 만에 처음 와보는 찜질방이었다. 탕에 들어가니 몸이 사르르 녹았다.

"으으으."

온몸이 풀어지며 떨려왔고 허벅지와 손등에 욱신함이 더했다. 씻고 나와 거울을 보니 허벅지와 손등이 더 빨갛게 보였다. 스치기만 해도 쓰렸다. 근육통도 더 심해졌다. 태풍 덕분에 민박에서 하루 쉬어서 괜찮아진 줄 알았는데 이틀 달렸다고 또 통증이 돌아왔다. 달릴 때는 긴장도 하고 근육도 풀어져서 통증이 없었는데, 자기 전에는 무뎌졌던 통증이 다시 느껴졌다.

다음 날 아침에 일어나 찜질방 안에 있던 PC를 이용해 수강 신청

● 태안읍 가는 길
● 빨갛게 된 손과 허벅지_하루종일 라이딩을 할 때는
 긴팔, 긴바지, 장갑, 마스크, 선글라스 필수!

을 했다. 사용 시간이 남아서 웹상의 지도로 대략적인 경로를 그려 봤다. 서해, 남해는 진도, 완도, 거제도 등 섬이 대교로 연결되어 있는 곳이 많아서 해안 도로를 달리자는 원칙을 고집하다간 완주를 못 할 수도 있었다. 태안에서도 원북면으로 올라가 이원면, 소원면, 근흥면 해안 도로를 돌아보려고 했지만, 그러면 태안에 하루는 더 머물러야 했다. 여행을 시작한 지 8일 지났지만 서울에서 태안이 그리 멀지 않았다. 주어진 시간이 한정되어 있어서 초반에는 빨리 지나가고 나중에 여유를 가져야겠다고 생각했다.

허벅지는 팔 토시로 가렸지만 손등도 만만치 않게 쓰렸다. 손잡이를 잡고 돌려 기어를 변경하는 방식이라 장갑 없이 기어 변속을 하면 엄지와 검지 안쪽이 아파왔다. 찜질방을 나와 근처 자전거 센터에서 장갑을 구매해 착용했다. 한결 좋다.

안면도를 따라 내려와 영목항에 도착했다. 슈퍼 겸 매표소에서 아이스크림을 사서 앞에 있는 의자에 앉았다. 옆에 아저씨 네 분이 자전거를 바닥에 뉘어놓고 앉아 있었다.

한 분이 말을 걸어왔다.

"하루에 몇 시간씩, 몇 킬로나 타요?"

● 영목항에서 배타고

"7시간 정도요. 평균 70킬로미터 정도 타는 것 같아요. 얼마나 타세요?"

"하루에 120킬로 정도는 타는데 몇 시간 타는지 모르겠네."

"120이요?"

내가 타는 속도로는 상상할 수 없는 거리였다. 아저씨가 물어왔다.

"보통 몇 킬로로 달려요?"

"한 시간당 13~14킬로미터요."

"어이고. 이렇게 무거우니까 그렇지. 학생, 엉덩이 안 아파?"

"처음엔 아팠는데 계속 타니까 괜찮아지더라고요."

내겐 좀 더 가볍고 빠르게 달리는 자전거는 없었다. 엉덩이가 아프지 않은 사이클복도 없었다. 대신 녹슨 체인이 오르막길에서 자주 풀리는 중고자전거가 있었고, 호들갑 떨며 비를 막아야 하는 싸구려 텐트가 있었고, 물에 젖은 텐트를 말려야 하는 상황들이 있었고, 축구복에 팔 토시를 다리에 입어야 했다.

하지만 개의치 않았다.

이건 내 삶이고, 내 방식이다.

나도 할 수 있어!

대천 해수욕장과 남포 방조제를 지나는데 금방 어두워졌다. 춘장대 해수욕장까지 가려고 했지만 중간에 무창포 해수욕장으로 들어갔다. 해변을 어슬렁대며 텐트 칠 장소를 찾다가 샤워장 문을 닫고 가려는 사장님께 야영할 장소를 물어봤다.

"돈 내고 쓰는 자리? 공짜로 쓰는 자리?"

"공짜로 쓰는 자리면 좋죠!"

"저기 먼저 오신 가족분들 있는데 거기로 가봐!"

고맙다는 인사를 드리고 알려준 장소로 갔다. 먼저 와 자리를 잡고 있던 가족들 옆에 텐트를 쳤다. 텐트를 치는 도중에 먼저 와있던 아저씨가 말을 걸어왔다.

"혼자 왔나? 어데서 왔노."

일행이 6명 정도 있었다.

"서울에서 왔어요."

"장난하나 임마? 진짜가?"

"네! 진짜예요!"

"며칠 정도 걸렸노?"

"8일 정도 걸렸어요. 하루는 태풍 불어서 쉬었고 자전거 타는 데만 7일 정도 걸렸네요."

"옴마야. 밥은 아직 안 먹었나? 좀만 더 일찍 오제. 우리 고기 먹었는디. 일리 와. 과자라도 먹어. 이거 다 먹고 텐트 쳐. 물도 먹고 임마. 우리 다 좋은 사람들이야. 너 복 받은 기야."

푹신한 에어매트에 앉아서 아저씨가 주신 대용량 오징어 땅콩 과자를 먹었다. 양이 얼마나 많았던지 다 먹지 못하고 텐트를 마저 설치하러 가려고 하니 아저씨가 말했다.

"과자 다 먹고 가. 안 그럼 못간데이."

저 과자를 다 먹을 수 있을까? 자전거 전국일주를 시작할 때 느꼈던 막막한 기분이 들었다. 고마운 마음에 꾸역꾸역 먹었다.

"다 먹었어요!"

"그래."

나름 힘들게 먹었는데 대답에는 별 관심이 없었다. 텐트를 치고 화장실에서 몸을 닦고 오니 아저씨가 다시 불렀다.

"일로 와라. 밥 묵어. 내가 임마, 고등학생 아들이 있는데. 너 보니까 아들 같아서 챙겨주고 싶다."

김치찌개와 밥을 차려주었다. 해변에서 캠프용 식기에 해먹는 밥과 반찬은 정말 맛있었다.

"누가 끓이신 거예요?"

"누가 끓이긴 임마, 내가 끓였지. 놀러와서는 남자가 음식 하는 기여."

"밥은 처음 얻어먹어 봐요."

"한국이 그래도 아직 정이 많이 남아있어. 네가 나중에 누가 될 줄 알고."

밥을 먹으면서 소주도 몇 잔 걸쳤다.

"잘 먹었습니다!"

불룩 나온 배를 두들기며 말했다. 후식으로 참외까지 먹었다. 매일 이렇게 좋은 사람들만 만나고 싶었다. 처음 만나는 사람과 아무경계 없이 친해질 수 있는 것이 여행의 매력이다.

다음 날 어제 밥을 챙겨준 아저씨한테 인사를 드렸다.

"안녕히 계세요."

"잘 가라."

여행하는 사람들을 만나면 함께할 수 있는 시간이 적다는 것을 알기 때문에 더 빨리 친해지는 것 같았다. 짧은 시간에 많은 정을 나눈 만큼 아쉬움도 컸다.

오늘은 오전에 군산을 지나고 오후에 새만금 방조제를 지날 생각이었다. 부사 방조제, 춘장대, 월호리, 선도리, 장포리, 당정리를 지나 서천 쪽으로 내려갔다. 21번 일반 국도를 타지 않고 해안에 접해 있는 시골길을 이용했다. 군산 시내를 지나 새만금 방조제에 도착. '우와~~' 방조제를 올라가는 순간 심장이 멎을 듯했다. 아무도 없는 방조제 위에 오른쪽으로 끝없는 수평선이 펼쳐졌다. 바다 위로 반짝이는 햇살, 수평선 뒤로 넘어가는 붉은 태양과 가슴이 뻥 뚫리는 구름 한 점 없는 푸른 하늘이 일품이었다. 이런 풍경을 배경으로 자전거를 타니 없던 기운이 절로 솟았다. 그 무엇과도 바꿀 수 없는 나만의 경치, 나만의 기억. 그 시간을 마음껏 누렸다.

자전거를 타다 보면 생각지도 못한 순간에 감탄이 절로 나오는 풍경들이 있었다. 차는 서 있을 수 없는 곳에 혼자 서 있기도 하고, 쉬고 싶을 때는 아무 때나 서서 바다에 앉아 쉴 수도 있었다. 내가 멈추고 싶을 때 멈춰서 그 풍경을 감상할 수 있다는 게 굉장한 특권처럼 느껴졌다. 마크 트웨인이 《톰 소여의 모험》에서 "우리는 평생 미합중국의 대통령 같은 사람이 되기보다는, 단 1년만이라도 좋으니 무법자가 되고 싶은 것이다"라고 썼던 것처럼, 내가 가고 싶은 방

● 새만금 방조제 바다의 윤슬은
  이번 일주에서 기억에 남는
  명장면 중 하나

항을 정하고 내가 멈추고 싶을 때 멈추고 출발하고 싶을 때 출발하는 완전한 자유를 얻은 기분이었다. 나 이외에 아무도 없는 곳에서 혼자 바라보는 풍경, 햇살과 바람, 냄새까지도 혼자 그 자리에 있기에 내 것이 되는 듯한 묘한 기분이 들었다. 자전거를 멈추고 풍경을 한동안 응시했다. 그 장소에서 그 시간의 유일한 풍경이었다. 남들이 가질 수 없는 나만의 것이다. 남들이 가지고 있는 것을 보고 부러워하는 것보다 남들이 가질 수 없는 나만의 경험을 갖게 되는 게 좋았다.

이대로만 가면 해지기 전까지 변산반도에 도착할 수 있을 것 같았다. 의외로 여유가 있는 것 같아 쉬엄쉬엄 달렸다. 신시도를 지나니 해가 넘어가 누렇게 노을이 지고 있었다. '벌써 해가 진다고?' 거리와 시간의 감이 아직 완전하지 않았다. 해가 떨어지더니 금세 어둠이 찾아왔다. 나도 모르게 다리에 힘이 들어갔고 속도가 점점 빨라졌다. 목적지인 변산 해수욕장까지는 한참 남았다. 방조제 라이딩은 자전거 길과 차도가 완전히 분리되어서 안전했지만 방조제를 지나서가 문제였다. 가져온 라이트를 켰는데 바로 앞도 제대로 밝히지 못했다.

첫 야간 라이딩이었다. 길도 제대로 보이지 않아 속도 내기가 두려웠다. 간간히 차가 전조등을 번쩍이며 옆을 지나갔다. 전조등이 날 비출 때마다 뒤를 돌아보며 운전자에게 내 존재를 인식시키려고 노력했다. 처음 맞는 어둠과 긴장감, 차들의 위협이 내 다리를 더 단단하게 만들었다. 마치 지하 차도에 다시 들어온 기분이었다. 평소엔 낑낑대며 걸어서 올랐을 언덕을 속도를 늦추지 않고 엉덩이를 들어 올려 페달을 밟아 언덕 세 개를 거뜬히 넘었다. 변산 해수욕장에 도착한 시간이 8시 20분. 어둠 속에서 해변을 찾았을 때의 그 안도감은 서울에서 처음 지하 차도에 들어갔다가 빠져나왔을 때의 기분과 같았다.

평소와 같이 텐트 칠 곳을 찾기 위해 지나가던 주민에게 물었다.

"저기요. 근처에 텐트 칠 곳 있나요?"

"한 블록 더 가서 골목을 따라 쭉 내려가면 넓은 야영장 있어요. 야영비도 무료고 샤워장도 공짜예요. 가면 야영하는 팀이 한 팀 더 있을 거예요. 주위에 아무 데나 치시면 돼요."

역시 길은 물어가라지. 잘 준비를 마치고 속도계를 확인했다.

121.61킬로미터.

지도를 펴고 지나온 길을 그려봤다. 하루 만에 달린 거리라고 믿기 어려웠다. 내가 이만큼이나 달렸다고? 사이클 마니아 아저씨들처럼 좋은 자전거는 아니었지만 나도 하루에 120킬로미터를 탔다.

여행의 목적은 무엇입니까

다음 날 맑은 하늘, 따듯한 햇살, 울창한 두 나무 사이로 시원한 바람이 불어왔다. 그 바람결이 얼굴에 스치듯 닿아 아침을 깨웠다. 변산반도 해수욕장의 모래사장은 사막처럼 부드럽고 깨끗해 보였다. 바람을 맞으며 한동안 누워 있었다. 좀 더 머무르고 싶었지만, 가야 할 길이 멀다.

30번 국도를 탔다. 지방도로는 오르막 내리막의 반복이었다. 오르막에서 흠뻑 땀을 흘리고 내려가면서 시원한 바람을 맞았다. 내리막에서 두 팔을 벌려 바람을 한껏 느끼면 오르막에서 힘들었던 순

● 변산반도 해수욕장

간들이 단번에 씻겨나갔다.

논과 밭도 끊임없이 나왔다. 숨 쉬기도 힘들 정도로 거름 냄새가 심할 때도 있었다. 그때마다 숨을 길게 참았다가 재빨리 숨을 쉬었다가를 반복했다. 줄포리, 부안면의 상암리, 봉암리, 송현리를 지나 22번 국도를 탔다. 오늘 머무를 곳은 어디일까. 가가미 해수욕장까지 가려고 했지만 확실하지 않았다. 동호 해수욕장에서 해가 저물고 있었지만 구시포 해수욕장까지는 갈 수 있을 것 같았다. 서해안의 저녁노을이 아름다웠다. 바다를 바라보고 있으면 점점 붉어지는 태양 빛이 깨끗한 구름에 반사되어 그림 같은 풍경이 계속 변화되면서 펼쳐졌다.

구시포 해수욕장에 도착했다. 해변에 도착해서 이리저리 둘러보다가 적당한 자리를 찾아 텐트를 쳤다. 식사를 하려고 식당 겸 슈퍼로 갔다.

"식사 되나요?"

"안 되는데. 밥이 없어."

이곳 말고는 주변에 식당이 없었다.

"칼국수는요?"

"칼국수도 2인분 이상부터 되는데."

"일인분만 해주시면 안 될까요? 혼자 와서요."

"그래요. 앉으세요."

"샤워장도 여기서 운영하는 거죠? 현금이 없어서 그러는데 계산할 때 카드로 같이 해도 될까요?"

"네. 그러세요. 어디서 오셨어요?"

"서울에서 왔어요."

"정말요? 와 진짜 멋있네."

감사하다는 표정과 멋쩍은 웃음을 보였다. 아직 삼분의 일도 지나지 않아서 이런 칭찬은 부끄럽기만 했다.

대부분의 해변에서 저렴하게 한 끼 해결하려면 칼국수에 공깃밥을 먹어야 했다. 다른 메뉴가 없었다. 해변도로를 달린 지 3일 만에 칼국수와 공깃밥에 질려버렸지만 별다른 차선책이 없었다. 식사하고 잘 준비를 마치고 누웠는데 밖에서 웅성웅성 소리가 들렸다.

"서울에서 여기까지 오는 게 장난이 아닌데, 내가 타 봐서 알아요."

"불러서 같이 이야기라도 해볼까요?"

"주무세요?"

마지막 말은 분명히 나한테 하는 소리였다.

"네? 아니요."

"자전거로 오셨다고 들었어요. 같이 맥주나 한잔하고 싶어요."

식당 아저씨에게 내 이야기를 들었다고 했다. 한잔하자고 했던 사람들은 고창북중학교 선생님들이었다. 흔쾌히 맥주도 사줬다. 선생님 중 한 사람이 물어왔다.

"여행의 목적이 뭐예요?"

그때 내가 말했던 대답은 이러했다.

"제가 건축공학을 전공했는데 우리나라의 건축을 눈으로 직접 보고 싶어서요."

우리나라의 건축을 눈으로 보려면 꼭 자전거를 타야 되는 것이 아니다. 그만큼 비효율적인 방법도 없다. 생각지 못한 질문에 대충 둘러댔을 뿐이었다. 나만의 시간이 필요한 나름의 이유가 있지만 선뜻 입 밖으로 나오지 않았던 것이다.

내가 어린 시절을 보낸 곳은 충북 단양군이었다. 어느 지방 시골 도시든 마찬가지겠지만, 단양에서는 한 다리만 건너면 서로서로를 다 알았다. 소문도 금방 퍼졌다. 그래서 그런지 서로의 부모님이나 직업에 대해 관심도 많다.

● 구시포해변 칼국수, 맥주 한잔했던 평상

어른들은 아이들에게 인사를 잘 해주셨다. 나름 귀여운 외모에 어른들이 잘생겼다고 칭찬을 많이 해주셨다. 어른들의 말은 거기서 끝나지 않았다. '어디 사니?', '아버지 성함이 어떻게 되시니?' 질문이 이어지면 여기까지는 대답을 잘했다. 마지막에 '아버지는 무슨 일을 하시니?'에서 늘 말문이 막혔다. 친구랑 같이 있을 때 어른들이 부모님에 대해 물어오면 입을 닫아버리거나 자리를 피했다.

어린 시절부터 모르는 어른이 부모님에 대해 물어오는 게 굉장히 부담스러웠다. 상대방은 그저 우리 아버지가 누구고 어떤 일을 하는지 궁금했겠지만 그런 대화는 피하고 싶었다. 솔직하게 대답하면 나를 안쓰럽게 쳐다보면서 미안해했다. 상대방도 미안하고 나도 절망적인, 서로 좋지 않은 대화는 애초에 피하고 싶었다.

'여행의 목적이 무엇이냐'는 질문도 마찬가지였다. 이런 대화를 누구와 깊이 하고 싶지 않았다. 상대방이 나를 안쓰럽게 본다면 그게 당시의 내 모습이 맞을 테니까. 지금 다시 물어본다면 나는 이렇게 대답했을 것이다. "아버지께서 장애가 있으세요. 병원에 입원하신 지 20년 가까이 되셨습니다. 힘든 상황에서도 어머니는 끝까지 가정을 지키셨습니다. 피할 수도 있었을 텐데, 어머니가 참 대단하고 멋있어 보였습니다. 저도 어머니처럼 어머니가 지켜온 가정을 지키려고요. 그런데… 그러면 제 미래는 보이지 않더라고요. 결혼도 하지 못할 것 같고요. 열심히 공부하면 살림이 좀 나아질 줄 알았는데 현실은 그렇지 않더라고요. 마음이 많이 복잡하고 숨이 막혔습니다. 현실에서 좀 멀어지고 싶었어요. 그래서 떠났습니다. 자전거를 타다 보면 이 숨 막히는 현실을 이겨낼 수 있는 어떤 내면의 대답을 들을 수 있지 않을까 싶어서요."

그 이후로 10년이 지난 지금의 나는 더 이상 안쓰럽지 않다. 그런 어려움이 있었는데도, 그런 어려움이 없었던 사람들보다 더 잘 살고 있다.

여행할 때 누구든 기회가 닿으면 만나고 이야기하고 싶었는데 이렇게 술을 마시며 시간을 보내기는 처음이었다.

"내일 아침도 여기서 밥 같이 먹어요."

"저야 감사하죠!"

다음 날 '밥 먹읍시다~'라고 텐트 밖에서 들리는 소리에 일어났다. 어제보다는 조용히 식사를 했다. 잘 먹었다는 인사와 함께 떠날 준비를 했다.

동료가 생기다

백수 해안 도로는 차를 타고 와야 한다. 자전거를 타고는 절대 오지 말아야 한다. 오르막과 내리막이 심하고 길이 많이 구불거렸다. 무더위에 체력도 금방 떨어지고 물통에 물도 금세 뜨거워졌다. 갈증을 못 이겨 공중화장실로 들어갔다. 세면대 물을 트는 동시에 헬멧과 선글라스, 안면 마스크를 벗어던졌다. 콸콸 쏟아지는 물을 머리 위로 퍼 올렸다. 얼굴과 목을 타고 흘러내리는 물에 상의가 흠뻑 젖었다. 그렇게 젖은 얼굴로 다시 자전거에 올라 헬멧을 벗고 달렸다. 속까지 시원해지는 기분이었다.

● 백수해안도로

상사리, 신성리, 봉남리, 옥슬리, 학산리, 신남리, 석창리를 지나 장년리에 이르렀다. 시간이 조금 남아서 지도를 펴 봤다. 함평까지는 얼마 남지 않았다. 오늘은 무안까지 가볼까. 수강신청 2차 대전이 있어서 PC를 이용해야 했다. 함평이나 무안에 찜질방이 있을 것 같아서 무안으로 목적지를 수정하고 돌머리 해수욕장을 지나 815번 도로를 타고 내려왔다. 15번 고속도로와 겹쳐지는 부분에서 길을 못 찾아 조금 헤맸지만 길을 물어서 현화리를 지나 외반리 목동리까지 왔다. 목동리에서 무안읍과 반대 방향의 서쪽 길로 무안국제공항을 지나 톱머리 해수욕장이 있었다. 자전거를 타다가 PC방에 가서 컴퓨터 쓰는 일이 내키진 않았지만 상황 상 어쩔 수 없었다. 톱머리 해수욕장에서 자고 아침 일찍 출발해서 9시 전까지 포항에 도착해 PC방에 들어가 수강신청을 할 생각이었다.

무안국제공항을 지나 곧바로 톱머리 해수욕장에 도착했다. 해가 진 뒤였다. 해수욕장에 도착해 야영장을 찾으러 안으로 들어가는데 네 명의 무리가 자전거를 한쪽에 세워 놓고 컵라면을 먹고 있었다. 한 분과 눈이 마주쳐 목례를 했다. 야영은 아무 데서나 할 수 있었고 샤워장도 있었다. 해변을 둘러보고 나서 인사를 해왔던 분에게 가 봤다.

"안녕하세요. 어디서 오셨어요?"

"우리는 목포대학교 학생이에요."

"오늘 여기서 머물려고 지금 잠잘 곳을 찾아보고 오는 길이에요. 모여서 자전거 자주 타시나 봐요?"

"아니요. 자전거 탄 지 일주일밖에 안됐어요. 어디서 오셨는데요?"

서울에서 왔다는 대답에 놀라워했다.

"오늘 여기서 자고 내일 수강신청 때문에 목포 PC방에 가려고요."

내 말을 듣더니 서로 이야기를 했다.

"학교에 남는 강의실 있잖아. 거기서 재워드려도 되지 않아?"

"상관없죠."

"수강신청은 아침에 우리 컴퓨터 빌려주면 되고."

한 명이 나를 보며 말했다.

"학교 가서 주무시겠어요?"

"저야 좋죠! 여기서 가깝나요?"

"네. 30분 정도요. 샤워장도 있어서 거기서 샤워하면 돼요."

오늘 하루 너무 고단하긴 했지만 또 다른 인연이 생긴다는 기대감에 같이 가기로 했다.

"날이 어두워지는데 제가 라이트가 없어서요. 앞에서 잘 이끌어주시면 좋겠어요."

"네, 따라오세요."

자전거들이 가볍고 좋아보였다. 야간에 달려도 안전할 정도로 라이트도 환하고 후미등도 눈부셨다. 두 번째 야간 라이딩이다. 엄호해 주는 사람들이 있어 안심이 됐다. 나를 중간에 두고 앞뒤로 두 대씩 달렸는데, 나만 라이트나 후미등이 없어서 어둠에 묻혀 달렸다. 멀리서 보면 자전거 두 대씩 거리를 두고 달리듯이 보였을 것이다. 30분을 달리는 동안 15분 정도는 발을 맞춰 달렸지만 나중엔 힘에 부쳐 뒷꽁무니만 쫓아가는 신세가 되었다. 앞에서 자전거 네 대의 후미등이 어지럽게 반짝거렸다. 배낭을 자전거 뒤에 묶고 뒤쳐져 달리는 게 혹독한 훈련을 받는 기분이었다. 하지만 처음 달릴 때처럼 바늘로 찌르는 것 같이 허벅지가 아프지는 않았다. 며칠 사이에 내 허벅지도 단련되어 있었다.

목포대학교에 도착했다. 대화를 잠시 나눠보니 학생들은 막내 한 명만 학부생이고 모두 대학원생이었다. 학부생만 동생이고 다 형들이었다. 자전거를 잘 보관해 놓고 샤워장에서 따뜻한 물로 샤워를 하고 빨래도 했다. 찜질방을 제외하고 실내에 들어와서 잔다는 게 너무나 꿈같은 일이었다. 샤워를 하고 나오니 맏형이 말을 걸어왔다.

"근처 편의점에서 간단히 맥주나 사올까요?"

맥주를 사오려다가 거리가 좀 있어서 그냥 편의점 테이블에서 맥주를 마시기로 했다. 다른 사람들도 불러 즐겁게 이야기를 나누던

와중에 어떤 사람이 전화를 받더니 말했다.

"사람 조심하라고 하네요."

"저를요?"

"네."

"하긴 저를 이상하다고 생각하고 경계할만도 하죠."

며칠 전만 해도 나는 일반적인 대학생이었는데 지금 나는 조금 다른 사람이 되어 있었다. 지금까지 있었던 일과 앞으로의 계획도 이야기했다.

"내일은 진도를 한 바퀴 돌고 하루 머무른 다음 완도까지 가서 제주도로 넘어갈 생각이에요."

"진도에도 제주 가는 배가 최근에 생겼는데 하루에 한 번 있어요."

완도까지 가서 배를 탈 생각이었는데, 하루 빨리 제주를 가고 싶어 계획을 바꿔 진도에서 배를 타기로 했다. 옆에 있던 동생이 내일 진도까지 간다는 내 계획을 듣더니 말했다.

"형, 진도까지 같이 갈래요. 제가 아는 집이 있는데 거기서 밥도 먹고 하룻밤 묵어도 돼요!"

"진짜? 나야 고맙지! 그치만 나는 사진도 찍고 자전거도 하루 종일 타야 해서 빨리 못 달리는데 괜찮겠어?"

"네. 괜찮아요!"

뜻밖에 동료가 생겼다.

다음 날 과음도 했겠다 최근 3일에 걸쳐 힘든 라이딩을 해서인지 유독 피곤했다. 겨우 일어나 수강신청을 했다. 바로 진도로 출발해야 하는데 발길이 떨어지지 않았다. 숙취 해소가 되지 않았다. 출발할 준비를 마치고 잠시 쉬려고 눈을 감았는데 깜빡 잠이 들었다. 동생은 같이 출발하려고 기다리는 중이었다. 내가 일어나지 않자 동생이 나를 깨웠다.

"형, 언제 가요?"

'하루만 쉬었다 가면 안 될까?'라는 말이 목 끝까지 차올랐지만 차마 말하지 못했다. 하루를 더 쉬면 동생의 의욕이 사그라들지도 몰라서 몸을 일으켰다. 이럴 땐 좀 쉬어야 하는데… 오늘은 어느 때보다 힘든 라이딩이 될 것 같았다. 속이 좋지 않아 밥이 안 넘어갈 것 같았지만 공복으로 달리는 것도 무리라 근처 식당에서 동생과 겨우 식사를 했다. 함께하니 책임감도 생겼다.

오후 1시에 출발했다. 진도까지는 60킬로미터 정도 된다고 했는데 더 걸릴 것 같았다. 825번 국도를 탔다. 대학원 형들이 차를 타고 지나가면서 응원해 주었다. 그렇게 또 짧은 만남과 아쉬운 이별을 했다. 825번 도로를 타고 내려오다가 갈래 길에서 길을 잘못 들어 한 번 헤매고 겨우 목포 시내로 내려왔다. 시내 도로는 항상 어렵다. 목포대교가 개통되었다고 해서 825번을 타고 1번을 탔다가 2번을 타고 목포대교를 건너서 가려고 했는데 1번을 타고 나서 2번 도로를 발견하지 못하고 삼호대교 쪽으로 간 것이다. 그걸 깨달았을 때는 벌써 삼호대교에 다 와서였다.

"어쩌지? 목포대교를 지날까? 그냥 삼호대교로 내려갈까?"

"목포대교 쪽으로 가는 게 좋겠어요."

"그래!"

우리가 왜 이런 결정을 내렸는지 아직도 의문이다. 분명히 시간이 더 걸리는 길이었다. 하지만 잘못된 결정이라도 함께 결정해서 그걸로 그냥 좋았다.

이정표를 보며 유달산 쪽으로 가다가 끝내주는 자전거 도로를 발견했다. 지나오면서 수많은 자전거 도로를 봤다. 인도 블록 위에 도로만 그려 놓은 곳도 있었고, 길이 끊어진 곳도 있었고, 푹신푹신한 우레탄을 깔아 놓은 도로도 있었다. 인도에 있는 자전거 도로는 울퉁불퉁하고 사람들이 많이 다녀서 좋지 않았고, 우레탄은 푹신푹신해서 속도가 좀처럼 나질 않아 힘들었다. 자전거 도로의 역할을 제대로 하려면 이곳처럼 아스팔트 위에 매끄럽게 된 도로여야 한다.

동생이 힘들어 하는 기색이 보였다. 생각보다 오래 탔는데 헤매다 보니 많이 달리지 못해서 그럴 터였다. 목표대교를 지나 영암방조제, 금호 2방조제, 금호 1방조제를 지나 이정표를 보았다. 진도까지는 36킬로미터가 남아 있었다. 처음엔 나도 고작 50킬로미터 달리고 무척 힘들어 했는데 동생이 그때의 나 같은 상황이었다.

목이 말라서 가는 길에 주유소에 들렀다.

"아주머니, 물 좀 얻을 수 있을까요?"

"그래요. 옆에 누르면 얼음도 나오니 필요하면 받아가요."

아주머니가 그 말을 했을 때의 동생 표정을 잊을 수가 없다. 시원한 물을 마신다는 기쁨의 미소가 입에 가득했다. 나까지 덩달아 기뻤다.

많이 달리지도 않았는데 평소보다 힘들었다. 갓길에서 잠시 쉬는데 동생은 옆에 드러눕더니 바로 잠들어버렸다. 나까지 잠들면 언제 일어날지 몰라 잠든 동생을 두고 옆에서 10분을 기다렸다. 흔들어 깨웠는데 꿀잠을 잤는지 불평 없이 잘 따라왔다. 저 멀리 진도대교가 보였다.

"저기가 진도대교야. 조금만 더 힘내."

도착지가 눈에 보이니 더 힘이 났다. 드디어 대교에 도착했다.

"기념으로 사진 한 방 찍고 가자."

사진을 찍고 동생이 오늘 머무를 지인 집으로 전화를 했다. 갑자기 동생 표정이 일그러졌다.

"여기서 5킬로미터는 더 가야 한대요."

대교만 건너면 된다고 생각했는데 더 달려야 한다니. 나에겐 겨우 5킬로미터였지만, 동생에겐 5킬로미터나였다.

"어떻게 가야 하는지는 알아?"

"다리 건너자마자 왼쪽으로 해안 따라 달리면 갯마을 수선이 있대요."

이후 서로 말이 없어졌다. 같은 방향으로 페달만 굴렸다. 그렇게 갯마을 수선에 도착했다.

"이야! 드디어 도착이다!"

동생이 고함을 질러댔다. 나는 크게 기뻐하는 모습을 보이지 않

앉지만, 기뻐하는 동생의 모습을 보니 나도 덩달아 기뻐졌다.

동생이 먼저 들어가서 이야기를 하더니 들어오라고 손짓을 했다. 출발 전에 동생이 이곳에 내가 같이 온다고 말하고 허락을 받아 놨었기에 안심하고 같이 올 수 있었다. 아주머니와 아저씨가 계셨고 아들이 한 명 있었는데 나보단 나이가 많아 보였다. 동생이 아는 사람이 바로 그 아들이었다. 저녁 밥상이 차려져 있었는데 메뉴는 고기와 전복이었다. 믿을 수가 없었다. 식탁에 앉았는데 아주머니가 말했다.

"밥통 뚜껑이 왜 안 열리제."

"그거 아직 압이 안 빠졌는데. 기다려 봐."

아저씨가 말했다.

"분명 다 되었다고 얘가 말했잖아요."

"근데 원래 밥이 다 되면 압이 빠진단 말이여. 그래야 뚜껑이 열리제. 좀 기다려 보라니까."

"다 됐다고 분명히 그랬는데."

"좀 기다려 보라니까 그러네!!!"

"이상허네. 내가 잘못 들은 거야 그럼?"

"압이 안 빠졌으니께 기다려 보라니까!"

점점 언성이 높아졌다. 저놈의 밥통이 문제지. 갑작스런 말싸움에 분위기가 싸해졌다. 나는 고기와 전복을 앞에 두고 처음 뵙는 아주머니와 아저씨가 밥통 때문에 싸우는 모습을 보고 있었다. 옆에 있던 아들이 나섰다. 밥통에서 뭘 건드니 '슈우욱' 하며 압이 빠졌다. 밥뚜껑이 열리자마자 언성이 잦아들고 아무 일 없다는 듯 식사를 했다.

"잘 먹겠습니다."

"많이 먹고 부족하면 더 먹어요."

행복한 가시방석이었다. 전복이 한 접시 가득했다. 아저씨가 말했다.

"우리는 전복 질려서 못 먹어. 돈 주고 전복은 절대 안 사먹는다니까. 자네 많이 먹어."

정말 많이 먹었다.

"빨래 있으면 세탁기에 돌려."

세탁기로 빨래도 하고 처음으로 바디워시와 샴푸, 클렌징 폼으로 샤워를 했다. 샤워 후에는 수박과 과자까지 먹었다. 후식도 두둑이 먹고 이불을 깔아 놓으신 잠자리에 누웠다. 따뜻한 바닥에 등 전체가 따뜻해졌다. 누워서 천장을 바라봤다. 여행은 정말 하고 볼일이다. 정말 꿈같은 여행이다.

다음 날 동생은 자전거를 타고 다시 학교로 돌아갈 계획이었지만 힘이 들었는지 버스를 타고 학교로 돌아갔다. 하루 동안 추억을 같이 해서인지 헤어지는 아쉬움이 더 컸다. 처음 만난 나와 하루 종일 같이 자전거도 타고 지인 집에도 데려간다는 게 쉬운 일은 아니다. 하루 만에 서로를 믿고 의지할 수 있는 동생을 만났다는 건 그 자체로 값진 경험이었다.

버스가 떠날 시간이 다가왔다. 동생은 자전거를 짐칸에 실었다.

"형 이제 갈게요."

"조심히 가고. 형이 도착하면 연락할게. 사진도 보내줄게. 시간 날 때 연락 자주해!"

목포에서 친구를 만들었다. 그 친구들의 응원과 격려에 힘을 얻었고, 심지어 같은 길을 함께 달려준 친구까지 생겼다. 나의 어린 시절에도 그런 친구들이 있었다.

아버지는 병원에 계시고 어머니는 간병사로 일하시면서 병원에서 숙식을 하셨다. 그래서 중학교 시절에는 세 살 터울의 누나와 지냈고, 고등학교 시절에는 집에서 혼자 학교를 다녔다. 그 시절이 외롭거나 불행하지 않았던 이유는 나의 친구들이 있어서였다. 집에 혼자 있을 때면 친구들을 집으로 불렀다. 친구들은 좁은 우리 집에 와서 밥도 같이 먹어주고, 축구도 보고, 영화도 봤다. 가정사를 잘 아는 친구들도 가정사에 대해서 측은해하거나 놀리는 사람이 없었고, 직접적으로 힘내라고 말해주는 사람도 없었다. 여느 친구들처럼 아무렇지 않게 대해주었다. 그저 말없이 곁에 있어준 친구들이 있었기에 나는 힘을 얻었다. 그 친구들 덕분에 여느 학생들과 같은 학창 시절의 추억도 만들 수 있었다.

벽파항으로 가서 제주도 가는 승선권을 끊었다. 아이스크림을 먹으며 근처에 있는 정자에 누워 있다가 시원하게 부는 바람에 기분 좋게 낮잠을 잤다. 배가 도착해서 일어나 승선했다.

감회가 새로웠다. 우여곡절 많았던 12일간의 서해안 일주, 위험했던 지하 차도, 찢어질 듯한 엉덩이와 허벅지의 고통, 자다가 맞았던 태풍, 김치찌개 끓여주던 아저씨, 중학교 선생님들과 목포 대학교 학생들. 멀어지는 벽파항을 보고 있자니 정리하기 힘들 만큼의 여러 가지 생각이 들었다.

전국일주를 하며 기대했던 대로 나는 여러 장소에서 다양한 사람들을 만나고 있었다. 중고자전거로 전국일주를 한다니 진심으로 걱정해 주는 사람들도 있었고, 고철을 타고 어디를 가냐며 에둘러 핀잔을 주는 사람들도 있었고, 아들 같다며 음식을 나눠준 사람, 특별한 사연이라도 있을 거라며 자전거를 타는 이유를 궁금해 하는 사람, 하루 사이에 친구가 되어 술을 진탕 마신 형들, 나에게 감명을 받아 같이 달려보고 싶다고 하루를 동행한 동생도 있었다. 나는 변함없이 내 방식대로 하루하루 자전거를 탔지만, 나를 바라보는 상대방의 시선은 모두 달랐다. 그들이 살아온 삶의 배경이, 내가 자전거를 타는 모습을 바라보는 시선을 만들었을 것이다. 그 시선이 나에게서 철없음, 무식함을 보기도 하고 근심스러움, 안쓰러움을 자아내기도 하고 또는 부러움, 대단함, 훌륭함을 이끌어내기도 했다. 그들이 내게 해준 말과 행동들로, 나는 그 시점에 또 다른 내 삶의 배경이 생겼다. 대개는 내게 긍정적인 기운과 격려를 주었다. 그리고 내가 또 다른 상대에게 긍정적인 기운을 주는, 그런 삶의 과정이었다.

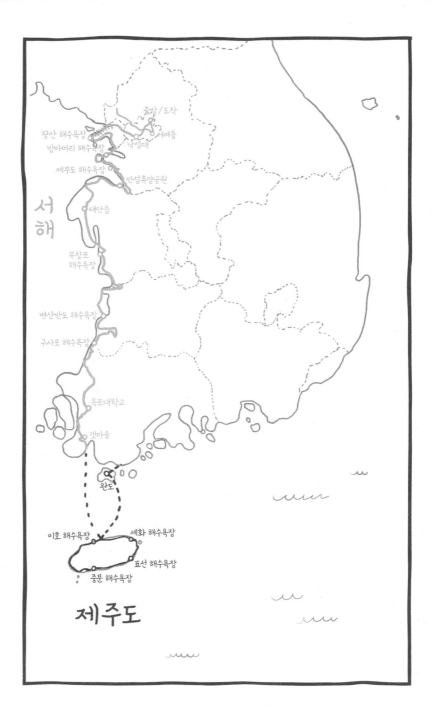

출발/도착

왕산 해수욕장
방아머리 해수욕장
제부도 해수욕장

낙성대

서여동

안섬휴양공원

서
해

태안읍

무창포
해수욕장

변산반도 해수욕장

구사포 해수욕장

목포대학교

갯마을

완도

이호 해수욕장

세화 해수욕장

표선 해수욕장

중문 해수욕장

제주도

2장 제주도

장비

중고자전거, 1인용텐트, 침낭, 공기주입펌프,
펑크수리용품, 헬맷, 물통, 속도계,
카메라, 휴대폰, 배터리, 충전기,
비누, 노끈, 배낭, 수건, 피부약, 선크림,
드라이버, 노트, 책3권(집으로 택배보냄),
칫솔(구입)

입고

슬리퍼, 선글라스,
축구복, 잠옷바지, 안면마스크,
양말 1, 티셔츠 1,
운동화, 양말 2, 티셔츠 1(집으로 택배보냄),
장갑(잃어버림),
쿨링토시(분홍색구입), 반장갑(구입)

먹고

아이스크림 × 4
자장면(곱빼기) × 1
김치찌개 × 1
정식 × 1
맥주 500ml × 1
콩나물 해장국 × 1
햄버거 × 2
파워에이드 × 1
삼각김밥 × 1
컵라면 × 1

자고

해수욕장 × 4
찜질방 × 1

쓰고

• 밥: 34,700원
• 아이스크림: 3,700원
• 숙박: 12,000원
• 자전거: 8,000원
• 뱃삯: 63,650원
• 기타: 14,000원

✴ 제주도 총 비용 : **136,050원**

달리고

• 이동 기간: 5일
• 1일 최단 이동 거리: 41.13km
• 1일 최장 이동 거리: 93.80km

✴ 제주도 총 이동 거리 : **286.13km**

나에게 공평하게 주어진 유일한 것,
시간

"학생 안으로 들어가. 위험해!"

승무원 아저씨의 불호령에 밖에 있던 사람들이 모두 안으로 들어갔다. 실내로 들어와 자리에 앉으니 무료했다. 할 게 없었다. 멀뚱멀뚱 앉아 있다가 살짝 잠이 들었다. 눈을 떠보니 제주항이 보였다.

드디어 제주일주다. 제주항 옆에 이호 해수욕장이 있었다. 도두봉에서 조금 더 지나 중국집을 발견했다. 왠지 해수욕장 도착하기 전에 끼니를 해결하고 싶었다. 중국집에 들어서니 자장면 냄새가 코를 찔렀다.

"자장면 곱빼기요."

들어가자마자 주문해버렸다. 자리에 앉아 어머니에게 전화를 걸었다.

"엄마, 나 제주도 왔어."

"하이고. 그래도 잘 다니네."

"다음에 제주도 놀러오자."

어머니는 신혼여행 이후 제주도에 와본 적이 없었다.

이호 해수욕장에는 사람이 많았다. 야영장은 야영객들로 빼곡했는데 대부분이 가족 단위였다. 텐트를 칠 자리도 없어 보였다. 서성이다가 차가 많이 다니는 길가에 일인용 텐트를 칠만한 공간이 있어서 얼른 자리를 잡았다. 자전거는 나무 옆에 묶었다. 시끌벅적한 분위기가 그렇게 반갑지는 않았다. 해가 저물어 가는데도 여전히 물놀이 하는 사람도 많고, 샤워를 하려는 사람도 많았다. 여름이라 가족들끼리 다들 놀러왔나 보다. 여기저기 사람이 너무 많았다.

씻으려고 샤워장에 들어갔다. 이럴 수가. 냉수도 이런 냉수는 처음이다. 끔찍하게 차가웠다. 그런데 정말 이상할 정도로 다른 사람들은 아무렇지 않게 샤워를 했다. 가능한 일인가? 머리가 깨질 것 같았다.

"흡!!"

삼삼오오 모여 아무렇지 않게 샤워하는 가족들 사이에서 혼자 호흡을 참아가며, 몸부림치면서 샤워하고 빨래를 했다. 그래도 샤워를

마치니 개운하네. 내일부터 본격적인 제주 라이딩이다!

다음 날 오토바이와 자동차 엔진소리, 정겹게 떠드는 아이들 목소리, 흙바닥 위로 슬리퍼 끄는 소리에 잠에서 깼다. 빨리 제주를 달리고 싶어 자리에서 일어나 정리하고 바로 출발했다.

곽지 해수욕장, 협재 해수욕장, 모슬포항을 지나 송악산 방향으로 달렸다. 현무암 담벼락이 펼쳐지고 푸른 잎의 나무가 펄럭이고 시원한 바람이 불어왔다. 푸른 바다와 흰 모래, 푸르고 깨끗한 하늘에 새하얀 구름이 그림 같았다. 따뜻한 햇살이 마음까지 따뜻하게 해주었다. 제주의 스카이라인 규제 덕분에 날씨가 맑은 날에는 아무런 방해 없이 멀리서도 한라산을 볼 수 있었다. 바다의 수평선처럼 육지의 지평선을 볼 수 있는 탁 트인 제주는 눈과 마음을 시원하게 해주었다.

멀리 산방산이 보였다. 오늘 목적지는 중문 해수욕장이었다. 산방산을 지나 1132도로로 달리면 중문에 빨리 도착할 수 있겠지만, 그것보단 인적이 드문 도로가 좋았다. 그래서 대평리와 하예동으로 들어가는 도로를 이용했다. 속도계는 벌써 1,000킬로미터를 가리키고 있었다.

나는 아직 무사하다!

대평리로 가는 길은 오르막 경사가 심해 잠깐 휴식 시간을 가졌다. 오르막 초입에 있던 공원으로 들어가 의자에 잠시 누웠다. 나뭇잎 사이로 눈부신 햇살이 흩어졌다. 누워서 잠깐의 꿀 같은 휴식을 했다. 누워 있자니, 제주도까지 왔겠다 바다에 들어가고 싶다는 생각이 번뜩 들었다. 일어나 서둘러 자전거를 탔다. 빨리 목적지에 도착해 달라고 혼잣말로 구시렁거리며 달렸다.

중문 해수욕장은 중문관광단지 안에 있었다. 천제연 폭포도 있기에 폭포에 들어가 볼까도 생각해 봤지만 입장료가 있어 그만뒀다. 게다가 수영은 못하고 발만 담글 수 있다는 말을 듣고는 해변으로 방향을 돌렸다. 수영을 하고 싶었다. 해변으로 가는 길에 긴 수염 아저씨와 눈이 마주쳤다. 고개를 끄덕이며 인사를 하기에 얼떨결에 나도 인사를 했다. 해변에 절반은 외국 사람들이었다. 해변을 둘러보고 야영장에 오니 기다렸다는 듯 긴 수염 아저씨가 말을 걸어왔다.

"혼자 오셨어요?"

"네. 혼자요."

"여기 무료니까 아무 데나 텐트 치시면 돼요! 저희는 여기 지금 일주일째예요."

"정말요?"

"네. 저희가 두 번째로 오래됐고 한 달째 계시는 터줏대감이 한 분 더 계세요. 지금 어디 나가셔서 아직 안 들어오시네요."

"와. 진짜 오래되셨네요."

"그럼 자리 잡으세요."

그늘이 있는 자리가 없어서 평평한 빈 땅에 자리를 잡았다. 긴 수염 아저씨에게 짐을 부탁했다. 방금 만났지만 일주일 머무셨다고 하니 일단 안심이 됐다. 30분 정도 물놀이할 것 같다고 말하니 걱정 말라고 했다. 자리를 비울 때는 항상 조심했다. 도난을 항상 조심해야 한다는 소리를 많이 들어서였다. 그래서 텐트에 짐을 놔두고 자리를 비울 때면 그물망에 달려 있는 지퍼 구멍과 가방에 있는 지퍼 구멍을 자물쇠로 엮어서 잠가 놓고 다녔다.

드디어 첫 입수. 슬리퍼를 벗어 팔에 끼고 바다로 들어갔다. 고단한 몸이 물에 가볍게 뜨니 기분이 좋았다. 잠깐의 물놀이를 즐겼다. 늦은 시간이라 해변에 사람이 없었다. 혼자 수영을 즐겼다. 샤워하고 자리로 돌아오니 긴 수염 아저씨가 왜 그렇게 조금밖에 놀지 않았냐고 아쉬워했다. 시간을 보니 30분밖에 지나지 않았다. 샤워 시간을 빼면 바닷가에서 보낸 시간은 얼마 되지 않았다. 이상하게도 자전거를 타면, 조금만 쉬어도 오래 쉰 것 같은 느낌이 들었다. 분명히 거리상 여유 있는 라이딩을 하고 있어도 자전거를 세우고 쉴 때는 많이 쉬어야 10분을 넘기지 못했다.

나는 시간을 어떻게 쓸지 항상 고민했다. 내가 마음대로 할 수 있는 유일한 것이 시간이었다. 항상 계획을 짰다. 올해는 어떤 걸 해보고, 상반기에는 무엇을 준비하고, 다음 달에는 뭐를 하고, 이번 주에는 내일은 오전에는 오후에는 무엇을 해야지 결심하고, 어떤 걸 해본 뒤에 이렇게 되면 저렇게 해봐야지 등 항상 계획과 실행의 순간이었다. 그저 심심해서 노는 일도 없었다. 어떤 일을 몰아붙이고 나서 항상 그 뒤에 보상과 같이 나에게 노는 날을 주었다. 그래야만 몰아붙이는 시간을 조금이라도 쉽게 견뎌낼 수 있었다. 같은 시간을 밀도 있게 쓰려면 짧은 시간에 많이 배우고 많이 경험해야 했다. 내머리가 그렇게 뛰어나지 않으니 노력밖에 다른 방법이 없었다. 더효율적인 것, 더 실용적인 것을 찾고 가성비를 따졌다.

행동을 하기 전에 그것이 어떤 의미인지 고민을 많이 했다. 정말로 필요한 행동인지 고민하는 것은 시간을 효율적으로 쓰기 위한 방법이었다. 학교 공부를 왜 잘해야 하는지도 의문이 많았다. 점수를 잘 받아서 좋은 대학에 가는 게 어떤 의미인지 누가 설명해 주는 사람이 없었다. 단순히 좋은 성적을 받기 위해 공부에 몰두하는 시간에 내가 무엇을 해야 되는지 무엇을 하고 싶은지 좀 더 고민하는 과정이 필요하다고 생각했다. 점수에 맞춰 학교와 학과를 선택했는데, 나중에 하고 싶은 게 달라진다면 그만큼 비효율적인 건 없었다. 거기에 들어가는 시간과 비용과 노력이 다 물거품이 되는 것은 스스로 용납되지 않았다. 그렇다고 학교를 가지 않을 수도 없었다. 그건

불효에 가까웠다. 그래도 흥미로운 과목은 있었다. 중학교 3학년 때는 화학실험에 재미를 붙여 화학실험 시간이 유일한 낙이었다. 고등학교를 가니 실험 시간이 없어지고 이론 수업만 해서 물었다. "선생님 실험은 안 하나요?", "실험은 중학교까지밖에 안 해." 그때의 허탈감은 이루 말할 수 없었다. 더 심화된 화학실험을 할 줄 알았는데… 고등학교 때는 수학증명에 재미를 붙여 수학만 주구장창 공부했다.

대학교 들어가기까지 내가 무엇을 하고 싶은지, 무엇을 위해 살아야 할지 정하지 못했다. 그리고 군대에 입대했다. 군대에서 구막사에 살다가 병장 때 신막사로 이사를 했는데 바로 옆에서 건물이 지어지는 과정을 봤다. 그게 참 궁금하기도 했고, 사는 환경이 조금 더 나아졌을 뿐인데 삶의 질이 많이 달라지는 경험을 하면서 건축을 해야겠다는 결심을 했다. 우리 가족의 삶이, 우리 동네의 삶이, 우리 사회의 삶이 더 나아지길 바라는 마음이 컸다. 그 결정이 있고 난 후부터 나는 효율과 실용, 가성비를 가장 중요하게 생각하면서 계획하고 실행하고 공부하고 경험하고를 반복했다. 여전히 열악한 환경이더라도 어떤 이에게 이전보다 조금 더 나은 환경을 만들어 주면 충분히 행복하게 해줄 수 있겠단 사실에 건축을 더 배우고 경험하려 노력했다.

한자리에서 10분 이상 쉴 수 없었던 것도 이렇게 짧은 시간에 더 많은 것을 하고 싶은 마음에서 비롯된 결과였다. '10분을 더 달리면 얼마나 더 멀리 갈 수 있을까'라는 생각이 꼬리에 꼬리를 물면서 나를 계속 안달 나게 만들었다. 나는 쉬지 않아도 괜찮다고 생각했다. 10분을 쉬지 않고 달리면 오늘 하루 더 멀리 갈 수 있어서였다.

긴수염 아저씨가 말했다.

"괜찮으면 햇반 있으니까 밥 먹어요. 여기 웬만한 곳은 다 비싸서."

"정말요? 고맙습니다! 정리만 하고 갈게요."

긴 수염 아저씨와 아내, 한 달 계셨다던 터줏대감 아저씨도 같이 있었다. 햇반을 비롯해 캔 참치, 장조림, 김치 등 편의점에서 구입할 수 있는 통조림 음식이 많았다. 대부분이 터줏대감 아저씨의 음식이었다. 터줏대감 아저씨가 말했다.

"가져온 건 많은데 줄 사람이 없어서 못 먹고 있었어요. 많이 먹어요."

다들 여행을 즐겨 하는 사람들이었다. 내가 말을 꺼냈다.

"제가 한번은 서해안으로 내려오는 길인줄 알고 잘못해서 송도로 들어갔는데 한 시간이나 헤맸어요."

그러자 긴 수염 아저씨의 아내가 말했다.

"한비야 씨 책에 보면 이런 말이 나와요. '그곳을 진정 알고 싶으면 길을 잃어라'."

　나는 분명히 삶을 잘 달리고 있었다. 초중고를 잘 마쳤고, 내가 하고 싶은 일을 알았고, 가고 싶은 대학에 와서 공부를 했다. 이제 마지막 학기를 마치면 대학을 졸업하고 취업을 해야 했다. 그런데 졸업 전 마지막 학기 방학에, 다들 취업을 위해 스펙 준비로 바쁜 시간을 보내고 있을 중요한 시기에 혼자 자전거 여행을 떠났다. 나는 내가 정한 방향으로 잘 달리고 있다고 생각했는데 생각지도 못한 길이 나타났다. 그리고 다시 길을 찾는 중이었다. 길을 잃은 이 시간이 진정으로 나를 아는 시간이 될 수 있을까. 여행이 끝나기 전에는 모를 일이었다.

건네지 않았으면 먹지 못했을
파인애플과 화채

긴수염 아저씨와 아내는 평화롭게 기타를 치며 노래를 불렀다. 일주
일 동안 한 자리에 있는 것도 놀라웠다. 삶이 흐르는 대로 그 자리에
있고 싶으면 있고 떠나고 싶으면 떠나는 그런 삶이 부러웠다. 오가
는 긴 이야기 끝에 긴 수염 아저씨 아내와 둘이 이야기를 나눴다.

"이렇게 여행하는 데 어떤 이유가 있어요?"

"저에게 지워진 부담감 때문에요. 저희 삼촌들이 모두 자식이 없
으셔서 저에게 거는 기대가 크거든요. 아버지는 20년간 병원에 계
시는데 어머니가 아버지를 돌보시면서 저희를 키우셨어요. 이제 제
가 취업할 때가 다가와서 부모님을 부양해야 될 책임을 느끼고 있는
데, 저의 미래는 보이지가 않더라구요. 앞으로 어떻게 해야 할지 생

각할 시간이 필요해서 떠난 것 같아요."

고창북중학교 선생님이 물어왔을 때와는 달리 내가 떠난 이유에 대해 진술하게 말할 수 있었다. 내가 이렇게 말하고 있다는 사실도 놀라웠다. 숨기지 않고 진짜 나를 맞이하는 과정이란 생각이 들었다. 텐트로 돌아오니 자정이 넘었다. 오랜 친구들에게도 잘 털어놓지 못한 가정사를 털어놓으니 속이 시원했다.

다음 날 사우나 같은 열기에 놀라 일어났다. 그늘이 없는 곳에 텐트를 치다 보니 아침에 텐트 안이 완전히 사우나가 되었다. 땀이 주르륵 흘렀다. 답답한 공기에 텐트 문을 여니 땀을 식히는 시원한 바람이 불어왔다. 바다를 보니 들어가지 않을 수가 없어서 자던 옷 그대로 바다에 들어갔다. 바다에서 혼자 수영하는 게 영 어색했지만 재밌었다. 일주일이나 머물렀다는 긴 수염 아저씨를 보니 나도 고민이 되었다. 이곳에서 하루 더 쉬면 괜찮을 것 같기도 했다. 하지만 시간적 여유가 아직 없었다. 긴 수염 아저씨에게 다가갔다.

"가시려고요? 파인애플 하나 드세요. 인연이 있다면 또 보겠죠."

얼떨결에 파인애플도 얻어먹었다. 혼자였으면 먹지 못했을 파인애플이어서 더 특별했다. 긴 수염 아저씨는 내가 떠나는 길을 끝까지 지켜봐줬다.

너무 더웠다. 20분도 채 달리지 않아 등에 땀이 묻어났다. 옷이 달라붙어 떨어지지 않을 정도로 땀이 많이 났다. 강정마을에 와서 식당에 들어갔다. 차가운 에어컨 바람이 나를 반겨주었다. 백반을 주문하니 아주머니가 말했다.

"거기 열어보면 화채도 있으니까 마음껏 먹어요."

이거 완전 꿀이잖아? 식사는 다 했지만 시원해서 나가기가 너무 싫어 TV를 보며 잠시 쉬었다.

순간 파인애플과 화채를 건네주는 존재가 되고 싶다는 생각이 들었다. 파인애플은 천 원밖에 안 했고, 화채는 무료였지만… 누군가 사주지 않고 말해주지 않았으면 먹지 못했다. 파인애플을 사 먹기에는 천 원이 아깝고, 화채가 거기 있는지 몰랐으니까.

외할머니 집에 놀러갈 때면 전등을 켜지 않아 어둡고 난방을 하지 않아서 방바닥이 차가웠다. 손님이 올 때면 불을 켜고 난방을 했지만, 평소에는 그렇게 어둡고 춥게 지내셨다. 환하고 따뜻한 집을 싫어하는 사람은 없다. 오랜 세월 그렇게 지내온 할머니는 전기나 난방을 써서 비용이 나오니 어둡고 춥게 지내는 게 더 마음이 편했을 것이다. 어둡고 추워도 견딜 수 있고 살아가는 데 문제가 없으니까. 내가 파인애플을 사 먹지 않아도 자전거 타는 데 문제가 없었던 것처럼.

어떤 이는 어렵지 않게 줄 수 있는 도움이겠지만 그것을 받은 누군가는 삶을 살아가는 큰 원동력일 수 있다. 나도 그런 도움을 주는 사람이 되고 싶다는 생각이 들었다.

식당에 앉아 잠깐 TV를 보고 있으니 또 느껴지는 시간 압박에 서둘러 일어났다.

만나는 사람들

천지연 폭포를 지나 정방폭포에 도착했다. 정방폭포로 내려오는 길
은 경사가 급했는데 내려오니 막다른 길이었다. 신나게 내려온 길
을 다시 올라가려니 발길이 떨어지지 않아 주변을 둘러봤다. 올레
길이 보였다. 정방폭포가 아마 올레길 6코스 중간 지점인 듯했다.
올레길에 들어서는 길도 평평하니 괜찮아 보였다. 그래서 평평한
올레길로 들어섰는데 역시나… 섣부른 판단이었다. 조금 가다 보니
막다른 계단이 나왔다. 다시 돌아가야 하나 고민했지만 길을 돌아
가는 것보다 힘들더라도 가던 길을 가는 게 좋다고 생각했다. 자전
거를 들고 계단을 내려갔다. 계단을 오르내리다 다행히 큰 도로로
빠지는 샛길이 보여 그 길로 나왔다. 올레길을 나와서부터 방향을

잘못 잡았는지 신례리 쪽으로 향했다. 계속 같은 길을 돌고 있는 듯한 느낌이 들었다. 분명 이 길 같은데… 이 길이었는데… 길을 물어볼 사람도 없었다. 길을 잃어 방황하던 와중에 외진 곳에 목공소가 있어 길을 물으러 들어갔다.

"계세요."

멀리서 대답이 들렸다.

"네."

젊은 아주머니가 나오셨다.

"해안 도로로 가려면 어디로 가야 해요?"

"이쪽 밑으로 쭉 내려가면 돼."

알려주신 방향을 따라 내려가니 다행히 1132도로가 다시 나왔다.

해가 지고 선선해지면서 기운도 생겨 속도를 냈다.

"퓨슈우우우우우."

펑크가 날 때는 바람 빠진 걸 인지하기까지 시간이 좀 걸렸는데 이번엔 바람 새는 소리가 아주 크게 났다. 바퀴에 이쑤시개 세 개가 나란히 박혀 있었다. 어떻게 차도에서 자전거를 탔는데 이쑤시개 세 개가 박힐 수 있지. 신기하고도 어이없는 상황이었다. 서둘러 수리하기 위해 자전거 센터를 찾았지만 주변에는 보이질 않았다. 시간이 늦어 서둘러 펑크를 수리해야 했기 때문에 물이라도 찾아야 했다. 길가 주택 앞에 수도가 있어 부탁을 하러 들어갔다.

"계세요."

"어. 왜."

집 안에 있던 할머니가 대답하셨다.

"자전거에 펑크가 나서요. 밖에 있는 물 좀 써도 될까요?"

"어. 쓰고 @#@#$@!@#."

잠시 몸이 굳으면서 할머니를 응시했다.

"?"

제주도 방언인가? 잘 못 알아들어서 되물었다.

"네?"

"쓰고 잠그라고."

이렇게 간단한 말을 못 알아듣다니. 할머니도 방언을 썼다가 내가 제주도 사람이 아닌걸 알고 표준말로 친절하게 바꿔주셨다. 짐을 풀고 자전거를 뉘였다. 정비 도구를 꺼내 뚝딱 수리를 했다. 분명 수리를 잘한 것 같았는데 튜브가 바퀴에 맞지 않아 덜컹거렸다. 표선 해수욕장까지 9킬로미터만 더 버텨주길…. 큰 도로를 달릴 때는 가로등도 있고 자전거도로도 잘 되어있어서 위험하지 않았는데, 1132번 도로에서 표선 해수욕장으로 들어가는 길은 완전한 암흑이었다. 라이트가 희미하게 앞을 비춰주었다.

9시가 되어 표선 해수욕장에 도착했다. 야영장은 잔디 바닥에 큰 야자나무가 가지런하게 심어져 있었다. 잘 꾸며놓은 정원 같았다.

● 표선해수욕장 소공연

게다가 야외 공연까지 하고 있었다. 기분 좋게 들리는 음악 소리에 샤워를 마치고 공연을 보기 위해 밖으로 나왔다. 저녁 식사는 패스하고 맥주를 두 캔 사서 공연장으로 갔다. 제주 분위기에 어울리는 아기자기한 공연이었다. 혼자 맥주를 마시면서 멀찌감치 뒤에 앉아 잠깐의 공연을 즐겼다.

공연이 끝나고 화장실에 잠시 들렀는데 낯익은 사람을 만났다. 중문 해수욕장에 있던 나와 비슷한 또래의 남자였다.

"혹시 어제 중문에 있지 않았어요?"

"네. 맞아요."

"저도 어제 거기 있었거든요. 낯이 익어서 물어봤어요."

"다들 비슷하게 오시는 것 같아요. 저희는 아마 내일 제주 나갈 것 같아요. 3~4일 뒤에 태풍 온다고 배가 전부 결항됐대요."

태풍이라고? 결항이라고? 제주 일정을 2박 3일로 잡았는데, 쉬엄쉬엄 하루는 더 있으려고 했는데… 큰일이다.

다음 날 불과 하루 전날만 해도 햇빛이 쨍쨍했는데 아침이 밤처럼 어두웠다.

"후두두두둑."

갑자기 내리는 비에 밖에 널어놓은 빨래를 챙겼다. 바닥이 잔디여서 배수 도랑을 만들 수 없었다. 이 상태라면 텐트로 빗물이 들어오는 것은 시간문제였다. 방아머리 해변에서 태풍을 맞았던 일과 같은 일은 절대 일어나선 안 된다. 서둘러 옷을 갈아입고 비를 맞으며 텐트를 걷었다. 덜컹거렸던 뒷바퀴는 밤사이 바람이 많이 빠져 있었다. 짐을 챙겨 자전거를 끌고 길을 나서는데 그제서야 비가 그쳤다.

편의점에 맡겨 놓은 휴대폰 배터리를 찾고 바퀴를 정비하러 자전거 센터로 갔다. 이른 시간인데도 문이 열려 있었다.

"계세요!"

사장님은 가게 안에서 자고 있었다.

"누구야."

오래된 친구를 대하는 듯한 말투였다. 무거운 몸을 일으켜 나오더니 자전거 바퀴를 풀어봤다.

"펑크가 다섯 군데나 났네. 튜브를 갈아야 할 것 같은데."

"네. 그래야 할 것 같아요."

튜브를 교체하고 수리 도구도 새로 구입했다.

근처 식당에서 식사를 하고 나오니 무슨 일이 있었냐는 듯 햇살이 쨍쨍 내리쬐었다. 뜨거운 햇살에 몸도 금방 말라갔다. 표선 해수욕장 입구에 정자가 하나 있었는데 사람이 아무도 없기에 정자에서 젖은 옷과 텐트를 말렸다. 잘 마르지 않는 수건이랑 책도 널어놓으니 잘도 말랐다. 아침에 잠깐 왔던 소나기는 생각하면 할수록 얄밉다.

내가 경험을 기록하는 방식

1132도로를 지나 해안 도로를 달리다 보니 멀리 성산일출봉이 보였다. 성산일출봉에는 사람이 많았고 그중 절반은 외국인이었다. 주차장엔 관광 차들도 많았다. 자전거 보관함에 자전거를 두고 배낭을 어깨에 멨다. 성산일출봉에도 입장료가 있었지만 기꺼이 지불했다. 충분히 가성비가 있었고 꼭 올라가보고 싶었다. 관광으로 오는 것과 다른 느낌이지 않을까 싶었다. 일출봉에 올라가기 전에 물통에 물을 담아가고 싶었는데 수돗가가 없었다. 생수를 살까 고민도 했지만 물을 돈 내고 사기엔 마음이 허락하지 않았다.

경사가 심해 천천히 걸어 올라갔다. 배낭을 메고 오르는 사람은 나밖에 없었다. 짧은 거리였지만 세 번은 쉬었다 올라갔다. 물도 그늘도 없어 갈증이 더 심해졌다. 드디어 일출봉에 도착했다. 정상에도 그늘은 없었다. 뜨거운 햇볕 아래에서 쉬고 싶지는 않아 주변을 둘러보니 구석에 사람 한 명 들어갈 수 있는 경비 초소가 있었다. 그 앞에 작은 그늘이 만들어져 있었다. 그늘에 앉아 시원한 바람을 맞으니 한결 기분이 좋았다.

성산일출봉은 해가 뜨면 항상 이 위로 뜬다고 해서 성산일출봉이다. 그래서 일출 때 오는 것이 진짜 성산일출봉을 보는 방법이라고 한다. 한 40분가량 앉아서 쉬었을까. 경비아저씨가 와서 경비 초소 문을 활짝 열었다.

"아이고, 좋은 자리에 앉으셨네요."

"명당이에요."

오고가는 말보다 아저씨가 가지고 있던 얼음물이 눈에 들어왔다.

"아저씨! 물 한 모금만 먹으면 안 될까요?"

"그러시죠."

세면대 하수구에 걸려 있는 머리카락을 걸러내듯 목이 뻥 뚫렸다. 물병이 작아서 한 모금만 마셨지만 갈증이 씻은 듯 날아갔다.

사람들은 사진 촬영하느라 바빴다. 사진만 찍고 곧바로 내려갔다. 날이 워낙 덥고 그늘이 없어서 그런 것 같았다. 그래도 힘들게 올라와서 5분 남짓 있다가 곧바로 내려가는 건 허무했다. 관광 일정이라 단순히 시간이 부족했을까. 성산일출봉을 바라보는 시간보다 사진을 찍으려고 카메라를 보는 시간이 더 길어 보였다. '나 여기 다녀갑니다' 증명사진을 찍고 가는 듯했다. 사진만 찍고 내려가는 사람들도 분명 내가 거기에 갔다는 경험을 말하고 싶었을 것이다. 일출봉에 가기 위해 교통편을 이용해 제주에 와서 숙박을 하고 다시 아침에 일어나 버스를 타고 일출봉에 도착해 한 시간 남짓 걸어 올라오는 그 일련의 과정을 말이다. 그게 성산일출봉과 함께 나를 찍은 사진으로 기록되고 증명되는 것이었다. 산악인이 히말라야 산맥을 등정했을 때나 우주인이 달에 도착했을 때와 같은 방식이다. 어떤 이는 사진 찍는 대신 그곳을 한동안 바라보면서 눈으로 충분히

담으라고 말한다. 한동안 바라보며 충분히 느끼다 어떤 생각이 떠오르면 그때 서터를 누르는 게 그곳을 기억하는 더 좋은 방법이다. 경험이 있기에 기록이 있는 법이니까.

내가 자전거를 탔던 이유는 나만의 생각과 추억을 갖고 싶어서였다. 내 몸에 직접적인 자극을 주면 생각이 깊어지리란 막연한 생각이 있었다. 같은 장소를 지나더라도 걷거나 자전거를 타는 것처럼 몸에 많은 자극을 주었을 때의 느낌은 승용차나 오토바이같은 이동수단을 이용했을 때 느껴지는 기분과는 확실히 다른 것처럼 말이다. 내가 살아온 어린 시절, 풍경, 우리 집, 가족, 친척들, 친구들에 대한 경험이 삶의 가치관이나 내면의 자아를 만들어내는 것처럼 말이다. 자전거를 타면서 가치관이 확고해지고 내면의 또다른 성장이 있지 않을까 막연한 기대감이 있었다. 《행복론》의 저자 카를힐티는 이렇게 말했다. "고통은 사람을 강하게 만든다. 그러나 고통으로 강해지지 못한 사람은 죽고만다. 행복할 때는 우리가 고난을 어떻게 견딜 수 있는지 알지 못한다. 고난 속에서 비로소 우리는 자기 자신을 알게 된다."

오가는 사람들을 보고 일출봉을 보며 한 시간 반을 앉아 있었다. 사진으로는 담을 수 없는 풍경을 눈 속에 많이 담으려 했다. 경비아저씨에게 물까지 얻어먹고 속이 뻥 뚫리는 값진 경험을 했으니 성산일출봉에서 이런 경험은 나밖에 없을 것이다.

수영하다가 만난 제주 삼촌

일출봉을 내려와 달리는 곳곳에 해변이 많았다. 내일까지는 거리
상 여유가 좀 있었다. 오늘도 바닷가에서 놀고 싶었다. 적당한 해수
욕장을 찾아 달리다가 세화 해수욕장에서 발길이 멈춰졌다. 관광객
도, 관리하는 가이드도, 해변에 가이드라인도 없었다. 내가 원했던
자연 그대로였다. 세화 해수욕장은 백사장 없이 아스팔트 주차장과
바닷가와의 경계로 옹벽이 있었고, 옹벽 밖으로 현무암과 바닷가가
이어져 있었다. 주차장 아스팔트 위에 정자가 두 개 있어서 정자 위
에다 텐트를 쳤다. 텐트 문 지퍼와 배낭 지퍼를 자물쇠로 함께 잠그
고 바닷가로 나갔다. 현무암 돌 위에 슬리퍼를 벗어 놓고 바닷가에
들어갔다. 수심이 얕고 발아래 고운 모래가 깔려 있었다. 물이 허리

춤밖에 오지 않았다. 얕고 투명한 바닷물을 보니 제주에 왔다는 실
감이 들었다. 바다로 꽤나 멀리 나갔는데 한참이나 더 멀리서 상투
머리를 한 아저씨 혼자 수영을 하고 있었다. 내가 외쳤다.

"안녕하세요."

돌아오는 대답이 특이했다.

"저를 아세요?"

"아니요."

"혼자 오셨어요?"

"네"

나도 궁금해서 물어봤다

"어디서 오셨어요?"

"저는 여기 사는데요."

서로 이야기를 나누면서 가까워졌다. 이런저런 얘기를 하다가 자기를 따라오라고 했다. 좀 더 멀리 가도 괜찮다며 점점 더 바닷속으로 들어갔다.

"이러다 물 들어오는 거 아니에요?"

"아직은 괜찮아."

밀물이 들어와 가슴까지 차오르자 아저씨는 태연한 듯 이제 가자며 돌아섰다.

제주 해변에는 종종 현무암 옹벽으로 둘러싸인 노천탕이 있다. 세화 해수욕장에도 노천탕처럼 바닷가에 현무암 옹벽이 있었는데 밀물이 되니 노천탕 벽 위가 좋은 다이빙 장소가 되었다. 상투머리 아저씨와 그곳에 올라 다이빙도 즐겼다. 현무암 위에 벗어 놓았던 슬리퍼가 밀물에 떠내려가는 바람에 상투머리 아저씨와 슬리퍼를 찾으며 시간을 보냈다.

"오늘 저녁은 우리 집에서 먹자!"

아저씨는 해수욕장 바로 뒷마을에 살고 있었다. 집에 누가 있을 줄 알았는데 아무도 없었다. 방에는 통기타, 젬베, 큰 카메라 렌즈가 있었다. 자유로운 영혼의 느낌이었다. 샤워를 하고 나오니 아저씨가 말했다.

"저녁거리 좀 사러 가자."

장을 보러 함께 마트에 갔다. 아저씨가 고등어찌개를 한다며 고등어 통조림이랑 갖가지 반찬을 조금 샀다. 술도 빠질 수 없었다. 한라산 소주가 깔끔하다며 6병들이 세트를 집어 들었다. 집으로 돌아와 아저씨가 요리를 했다. 고등어찌개는 너무 맛있었다. 밥솥에 있던 밥을 허겁지겁 먹었다. 식사를 마저 하고 배가 어느 정도 차서 술을 마셨다. 고등어찌개는 밥 먹을 때는 반찬으로 술 마실 때는 안주로 제격이었다.

"호칭을 어떻게 해야 할지 모르겠어요."

"너 나이가 지금 몇이니?"

"스물다섯이요."

"그럼 삼촌이라고 불러. 나이 차이 열 살 이하면 형이고 이상이면 삼촌이라고 부르라고 하거든."

상투머리 아저씨가 다시 말했다.

"내가 아는 사람이 게스트 하우스를 해서 자주 놀러 가는데, 가면 너 또래 애들 정말 많이 본다. 애들 만날 때마다 내가 물어보는 게 하나 있는데."

"뭔데요?"

"너는 네가 하는 일이 재미있니?"

"물론이죠."

"수많은 사람을 만나봤지만 재밌다고 단번에 말하는 사람이 지금까지 너를 포함해서 딱 두 명밖에 없었다."

그럼 다른 사람들은 본인이 하고 싶지도 않고 재미도 없는 일을 하고 있다는 소리란 말인가?

"그럼 건물은 어떻게 지어야 한다고 생각하니?"

"건축은 자연이 만들어내는 풍경을 해치지 않고 자연스럽게 녹아들어야 된다고 생각해요."

"건축물을 보면 자연을 파괴한다는 이미지가 강한데 나도 그 부분에 대해 정말 안타깝게 생각하고 있어. 인간도 자연에서 왔는데 자연과 어우러진 건물을 찾기가 너무 힘들더라."

"오다가 공사하는 곳을 많이 봤어요. 십 년 뒤면 제주도도 많이 바뀌어 있지 않을까요?"

"맞아. 지금의 제주는 찾아보기 힘들지도 몰라."

부탄이라는 나라에서 호텔이 우후죽순 생겨나는 것을 걱정하듯이 제주도에 공사 현장이 많은 것에 대한 걱정을 늘어놓기 시작했다.

삼촌은 제주에 온 지 4개월 남짓 되었다고 했다. 삼촌이 살아온 이야기와 혼자 제주에 오게 된 이유와 앞으로의 계획들을 들었다. 삶의 방향에 대해서도 서로 이야기를 나눴다. 아마도 우리는 서로 몰랐기 때문에 그리고 모를 것이기 때문에 지극히 개인적인 이야기도 스스럼없이 할 수 있었다. 한참 술을 마시다 보니 다섯 병이나 비웠고 시계는 자정을 향했다.

"이제 그만 가서 자. 내일 아침도 같이 먹자."

텐트로 돌아와 술에 취해 일기를 쓰고 잠이 들었다.

다음 날 일어나 시원한 바닷바람을 맞으니 일어나기가 싫어 한 시간 동안 누워 있었다. 바닷바람이 세게 불어서 파도가 높았고 물은 탁했다. 부랴부랴 일어나 삼촌 집으로 가니 식사를 준비하고 있었다. 에어컨이 없어서 밥을 먹는 내내 땀을 줄줄 흘렸다. 적절히 짭짤한 미역국과 껍질이 바삭바삭한 고등어 튀김이 입맛에 이렇게 잘 맞을 수가 없었다.

"같이 사진 한 번 찍어요."

사이좋게 사진을 찍고 집을 나서니 삼촌이 배웅을 나왔다.

"바람이 많이 부는 거 보니 태풍이 오려나 봐요. 곧 있으면 태풍 때문에 배가 결항된다는데, 다음에 또 찾아오겠습니다!"

같은 질문 다른 대답

함덕 해수욕장, 삼양 해수욕장을 끝으로 제주 일주가 마무리되었다. 다음엔 넉넉한 시간을 갖고 여유롭게 자전거를 타고 싶었다. 제주항에 도착한 시간은 5시. 매표소로 가보니 완도행 마지막 배가 5시 반에 있었다.

"30분 완도행 표 하나 주세요."

"오늘부터 4일까지 태풍 때문에 결항됐어요."

현실을 부정하는 마음으로 다시 물었다.

"오늘 배 없나요?"

"7시에 임시 배 하나 있어요. 예약하시려면 운송회사로 바로 찾아가 보세요."

한 번 더 물어보지 않았으면 큰일 날 뻔했네….

서둘러 운송회사로 찾아갔다. 운송회사 안에는 배를 예약하려는 사람들이 몇 명 더 있었다. 들어가자 직원이 물었다.

"이전에 예약하신 거 있으세요?"

"아니요. 방금 처음 왔어요."

"한 분이세요?"

"네!"

"차는요?"

"자전거밖에 없어요."

직원들끼리 상의를 했다.

"어떻게 할까요?"

"예약해드려."

사정을 들어보니 금일 오후부터 파도가 높아서 모든 배가 결항이 되었고, 7시에 임시로 출항하는 배가 생겼다고 했다. 이전에 예약한 사람 우선으로 예약을 받았는데 한 자리가 남아서 나에게 차례가 온 것이다. 다행히 표는 얻었지만 타기 전까지는 불안했다. 승선하는 곳인 국제부두로 갔다. 어수선했다. 매표소에 줄 서서 기다리고 있는 사람에게 물었다.

"왜 계속 서 있으세요?"

"모르겠어요. 티켓팅이 계속 지연되나 봐요."

배가 임시로 생긴 것이어서 시스템 상에 문제가 생긴 것 같았다. 계속 기다리라는 말만 있을 뿐 문제에 대한 명확한 설명이 없었다. 대기실 안은 티켓팅을 하려고 줄 서 있는 사람들과 배를 타려고 줄 서 있는 사람들로 인산인해를 이루었다. 6시가 다 되어서야 티켓을 받았고, 7시에 출항 예정이었던 배는 계속 지연되었고, 한 시간을 더 기다린 뒤에야 배에 탈 수 있었다.

자전거를 세워두고 뒤늦게 객실로 들어갔다. 공용으로 만들어 놓은 널찍한 칸에 사람들이 들어오자마자 대자로 누워서 자는 척을 했다. 정리해서 누우면 열 명도 들어갈 수 있는 공간을 네다섯 명이 차지하고 있었다. 승무원이 자리를 양보해 주라며 소리를 질렀지만 행동으로 옮기는 승객은 없었다. 혼자도 비집고 들어갈 공간이 없었지만 양해를 구하고 겨우 자리를 잡았다. 다리를 펼 수 있는 공간도 나오지 않아 쪼그려 앉았다. 옆에 있던 아주머니께 부탁을 해서 짐을 살짝 옮겼더니 그나마 공간이 좀 더 나왔다. 다리를 펴려면 벽에서 떨어져야 하고 벽에 등을 기대려면 다리를 펼 수 없는 애매한 자리였다. 나는 다리를 펴는 것보다 벽에 등을 대는 것이 더 편했다. 그렇게 쪼그리고 앉아서 얼굴을 무릎 사이에 파묻었다. 자세가 영 불편해서 졸았다 깼다를 반복했다. 그렇게 네 시간이 지나 완도에 도착했다. 자정이 훌쩍 넘었다. 다행히 근처에 찜질방이 있어서 편의점에서 허기를 채우고 찜질방에서 하루를 마무리했다.

다음 날 아침 창밖으로 부는 바람이 어제보다 강했다. 혹시나 하
는 마음에 송곡 선착장에 전화했다.

"오늘 배가 뜨나요?"

"오늘 출항 안 해요."

경로상 송곡 선착장을 꼭 지나야만 했는데 갈 길이 막혔다. 어쩔
수 없이 찜질방에서 TV를 보고 있는데 바람이 한결 잠잠해졌다. 다
시 전화해 봤다. 질문은 같았지만 대답은 달랐다.

"1시 반에 떠요."

질문은 한 번만 하면 안 된다. 한 시간의 전의 입장이 다르고 한
시간 후의 입장이 다르다. 같은 사람도 대하는 상대방에 따라 대답
을 달리 할 수 있다.

준비를 하고 나왔다. 자전거를 봤는데 작은 철사가 박혀 앞바퀴
에 바람이 빠져 있었다. 자전거를 세울 때 한번 들었다 놨더니 내려
놓은 곳에 철사가 있었던 모양이다. 혼자 수리해서 출항 시간까지
도착하기에는 무리가 있었다. 자전거 센터를 찾아 빨리 수리했다.
그래도 제시간에 선착장까지 가기는 힘들 것 같았다. 엎친 데 덮친
격으로 길까지 헤맸다. 선착장에 출항 시간보다 15분 늦게 도착했
다. 다행히 배는 아직 서 있었다.

"아저씨 배 탈 수 있어요?"

"예. 1,500원이요."

급했던 마음이 한결 편해졌다. 배는 두 척 있었는데 모두 상정 선착장으로 가는 배였다. 승용차가 한배에 몰아서 탔고, 다른 배에는 마을버스가 탔다. 나도 마을버스를 따라 배에 탔다. 배에 마을버스가 타다니… 상정 선착장까지는 10분도 채 걸리지 않았다.

● 송곡선착장

서해

왕산 해수욕장
방아머리 해수욕장
제부도 해수욕장
안섬휴양공원
태안읍

출발/도착
서여동
낙성대

무창포
해수욕장

변산반도 해수욕장

구사포 해수욕장

목포대학교
갯마을

영등리
마을회관
수문포 해수욕장
남해
스포츠 파크
남일대
해수욕장
와현 해수욕장
대흥리 신흥회관
초전
해수욕장
죽림 해수욕장

완도

남해

이호 해수욕장
세화 해수욕장
표선 해수욕장
중문 해수욕장

제주도

3장 남해

장비

중고자전거, 1인용텐트, 침낭,
공기주입펌프, 펑크수리용품,
헬맷, 속도계, 카메라, 휴대폰,
배터리, 충전기, 비누, 노끈, 배낭,
수건, 칫솔
물통(뚜껑터짐)

입고

슬리퍼, 선글라스,
축구복, 잠옷바지, 안면마스크
양말 1, 티셔츠 1,
쿨링토시(분홍색구입), 반장갑,
쿨링토시(남색구입)

먹고

아이스크림 × 8
곰탕 × 1
공기밥 × 7
바지락 칼국수 × 1
추어탕 × 1
빵 × 3
라면 × 3
음료 × 3
보리밥 정식 × 1
장어탕 × 1
해물된장찌개 × 1

자고

해수욕장 × 7
마을회관 × 2
캠핑장 × 1

쓰고

• 밥: 103,550원
• 아이스크림: 9,900원
• 숙박: 1,000원
• 자전거: 12,000원
• 이동: 13,900원
• 기타: 4,000원
_ _ _ _ _ _ _ _ _ _ _ _ _ _
※ 제주도 총 비용 : **144,350원**

달리고

• 이동 기간: 10일
• 1일 최단 이동 거리: 3.90km
• 1일 최장 이동 거리: 99.68km
_ _ _ _ _ _ _ _ _ _ _ _ _ _
※ 남해 총 이동 거리 : **593.72km**

버스를 타다

77번 국도를 타고 달리다 고금대교에 올랐다. 고금대교에서 부는 바람은 자전거의 중심을 잡기 힘들 정도로 심했다. 아마 제주도에는 태풍이 왔겠지? 어제 임시배를 탈 수 있었던 게 천만다행으로 여겨졌다. 그 배를 못 탔더라면 아직 제주도에 있겠지.

하늘엔 먹구름이 가득해 해가 어디쯤 있는지 가늠할 수도 없었다. 수문포 해수욕장에 도착할 때쯤 햇빛이 산과 구름 사이에서 나타나 세상을 비추었다. 습기가 가득한 날씨에 빛줄기가 선명하게 공기를 갈랐다. 흐린 날의 아름다운 풍경이다.

수문포 해수욕장에는 다 허물어져가는 샤워장이 있었다. 창에는 오랫동안 정리되지 않은 거미줄이 붙어 있었다. 식당이 하나 있어

● 수문포 해수욕장 가는 길

서 어김없이 칼국수에 밥 한 공기를 먹었다. 주변에 상가도 없고, 사람도 없었다. 가로등이 드문드문 있었는데, 옅은 주황색 불빛이었다. 해변 수심도 얕아 검은색 뻘이 보였고, 어선들은 폐선처럼 뻘 위에 놓여 있었다. 해변이라기보다는 폐선장 같아 보였다. 바람에 부딪치는 갈대 소리 때문에 더 음산했다.

자리를 잡고 샤워 도구를 챙겨 샤워장으로 갔다. 샤워장은 스무 명이 거뜬히 샤워를 할 수 있을 정도로 컸다. 물은 나왔는데 샤워장에도 옅은 주황색 등이 잘 들어오지 않았다. 등보다 달빛이 더 강했을지도 모르겠다. 들어왔던 등마저 퓨즈가 나갔는지 전구가 깜빡거리기 시작했다. 다른 대책이 없었다. 깜빡거리던 전구마저 금방 꺼져버려 달빛에 의존한 채 샤워를 하고 빨래를 했다. 약간 으스스하네.

한 켠에 정자가 있기에 텐트를 치려고 정자 가까이에 자전거를 끌고 가서 세웠다.

"퓨슈우우."

정자 옆에 난 풀 위에 나뭇가지가 많았는데 그만 자전거 바퀴에 가시가 박혔다. 고무 튜브를 교체한 지 얼마나 됐다고 또 펑크라니. 정리하고 자려고 누우니 갈대 소리가 더 크게 들렸다. 그러나 불안한 마음도 잠시, 고단함에 잠이 들었다.

다음 날 꽤나 멀리 있는 소록도를 목적지로 잡은 것도 이유였지

만 펑크가 나서 수리를 해야 한다는 생각에 일찍 일어났다. 씻으려
고 밖으로 나왔는데 옆 정자에서 어떤 사람이 누워서 자고 있었다.
깜짝 놀랐지만 소리는 내지 않았다. 상당히 젊어 보였다. 내 인기척
에 누워 있던 사람이 눈을 뜨고 나를 보더니 다시 눈을 감았다. 갈색
칠부바지에 흰색 카라 티셔츠를 입고 있었다. 머리는 며칠 안 감았
는지 많이 기름져 있었다. 짐은 머리 크기만 한 크로스백 하나로, 책
하나 넣을 수 있을 정도로 작았다. 여행하는 사람은 아닌 것 같았다.
씻고 돌아왔는데도 계속 자고 있었다. 신경 쓰지 않는 척하며 짐 정
리를 하는데 그 사람이 일어났다. 무심결에 내가 먼저 말을 걸었다.

"어디서 오셨어요?"

"경기도에서 왔어요."

"네? 어떻게요?"

"걸어왔어요."

걸어서 여기까지 오다니.

"얼마나 걸리셨어요?"

"한 2주 정도 걸렸네요. 그쪽도 혼자 오셨어요?"

"네. 그동안 덥지 않으셨어요?"

"그래서 낮에는 그늘에서 자고 주로 밤에 걸어 내려왔어요."

"왜요? 보니까 그렇게 내려올 복장이 아닌 것 같은데."

"그냥 좀 일이 있어서요. 바닷가를 보고 싶어서 내려왔어요. 오늘

이 바로 바닷가를 보는 그날이네요."

뜻깊은 날이다.

"먹는 거는요?"

"마을회관 같은 데 가면 주더라구요. 교회에서도 먹고… 지금 돈이 한 푼도 없어요."

나도 도와줄 처지가 아니라서 아쉬운 마음이었다. 사람들이 나에게 주로 물어왔던 질문을 지금은 내가 반대로 하고 있다는 사실이 신기했다.

"여기 굉장히 좋네요. 샤워장도 막 쓸 수 있고 평상도 있고. 밤에 와서 샤워했는데 며칠 만에 씻었는지 몰라요."

"이제 어떻게 하시려고요?"

"글쎄요. 배가 너무 고픈데 마을회관 가서 밥 좀 얻어먹어야겠어요. 자전거가 있으면 같이 가면 좋았을 텐데."

왠지 모르겠지만 뒷골이 서늘해졌다. 자전거를 묶어놓지 않았더라면 밤사이 자전거를 노렸을 것 같은 기분이 들었고, 자칫했다가 나도 어떻게 될지 몰랐겠다는 섬뜩한 기분도 들었다. 펑크가 나서 못 가져갔겠지. 오만 가지 생각이 들었다. 집에는 잘 돌아갈 수 있으려나. 같이 여행을 하고 싶었지만 여행 수단이 서로 달라 인사를 나누고 각자의 길을 갔다.

펑크 수리를 해야 했다. 바닷가에 널브러져 있는 어선 파편을 주워서 물을 담았다. 바퀴를 벗겨내고 휴대용 공기펌프기로 튜브를 잔뜩 부풀려서 물에 튜브를 돌리면서 담가 보았다. 공기 주입구 주변에서 물방울이 보글보글 올라왔다. 돌멩이를 주워 펑크 부위를 사포질하듯 갈았다. 돌멩이에 있던 가루가 떨어져 나오긴 했지만 깔끔히 닦아내고 본드로 납땜용 패치를 붙이고 공구로 힘껏 두들겼다. 고무 튜브를 바퀴에 끼워 맞추고 있는 힘껏 공기를 주입했다. 한 시간 정도 걸렸지만 나도 제법 능숙해졌다.

완벽히 수리했다고 생각했다. 그런데 달려보니 바람이 계속 빠지는 느낌이 들었다. 도대체 뭘 잘못한 건지 몰랐다. 근처에 자전거 센터도 없었다. 마을에 있던 이발소 아저씨가 바람을 여기서 넣을 수 있다며 한번 보자고 했다.

"땜질을 했는데 계속 새는 것 같아요."

"한번 확인해 봐야 알겠는데. 잠깐 보자."

이발소 아저씨가 능숙한 손놀림으로 튜브를 살폈다.

"문제는 없어. 땜질도 잘 했구만. 가끔 바람 넣는 꼭지 부분이 제대로 끼워지지 않으면 바람이 새기도 하는데 그래서 그런 걸 수도 있어. 바람만 빵빵하게 넣고 가."

펌프 공기주입기로 바람을 넣으니 기계로 넣는 것만큼 빵빵하게 들어갔다. 얼음물도 한통 챙겨줬다. 감사하다는 인사를 하고 다시 출발했다.

시간이 많이 지났기에 속도를 냈다. 율포를 향해 한참 달리는데 또 바람이 빠졌다. 두 번이나 확인했는데 참 답답했다. 바람이 다 빠진 자전거를 끌고 터벅터벅 걸어갔다. 어제도 펑크, 오늘도 펑크. 제주에서부터 최근 며칠 동안 펑크가 자주 났다. 이렇게 펑크가 계속되면 완주가 어려울 것 같았다. 율포에 도착하자마자 길을 물었다.

"혹시 근처에 자전거 센터 있나요?"

"여기는 없는데. 가려면 보성까지 가야 해."

"보성까지요? 걸어서 얼마나 걸려요?"

"에이 거기는 걸어서 못 가."

손을 절레절레 흔들었다.

"저쪽 가면 시내버스가 있는데, 자전거도 태워 줄꺼여. 그거 타고 가."

배 이외의 교통수단은 이용하고 싶지 않았지만 어쩔 수 없었다. 무엇보다 완주가 목표니까. 정류장에 버스가 섰다.

"자전거도 탈 수 있나요?"

"뒷문으로 타세요."

버스비를 내고 자전거를 버스에 태웠다. 일주하면서 배를 제외하고 처음 이용해 보는 대중교통이었다. 내 발로 이동하지 않고 다른 사람이 운전해 주는 버스를 타고 있자니 어색했다. 버스에 손님도 없어서 혼자 텅텅 빈 버스에 타고 있으니 혼자 전세 버스 타는 기분이 든다. 시골에서만 할 수 있는 특별한 경험이다.

보성시에 도착해 자전거 센터를 찾아갔다. 이발소에서 넣었던 공기보다 두 배 과하게 넣으니 공기주입부 주변으로 아주 작은 기포가 올라왔다.

"이건 튜브가 문제네."

바람을 넣은 튜브가 팔뚝 굵기보다 커지니까 그제야 공기가 올라오는 것이었다.

"여기 터진 것은 갈아야 쓰겠는디."

또 튜브를 교체했다.

● 배 이외에 이용한 유일한 대중교통으로 20분 정도 탔다.

내 말을 들어주세요

조성면에서 77번 국도를 나와 지방도로로 달리다 보니 논이 한눈에 들어왔다. 광활하게 넓은 논이었다. 멀리 지평선이 보일 정도였다. 이런 논이 우리나라에 있을 줄이야. 77번 국도를 벗어나지 않았으면 보지 못했을 뻔했다. 잠깐이라도 벗어나길 잘했다는 생각이 들었다. 지방도로는 지역의 다채로움을 볼 수 있어서 좋다.

다시 77번 국도로 합류해 830번 분기점까지 달렸다. 생각보다 빨리 소록도에 도착했다. 소록도 해수욕장에서 머무르려고 소록대교를 건너 병원이 있는 방향으로 내려갔다. 내려가자마자 소록도의 차량 통제를 담당하는 경비원이 서 있었다.

"돌아가세요. 들어올 수 있는 시간 지났습니다."

가까이 다가가니 반사적으로 말했다.

"해수욕장에서 야영하려고 하는데요."

"여기는 해수욕장 없습니다. 해수욕장이고 뭐고 5시 지나면 섬 자체가 폐쇄돼서 아무도 못 들어와요. 국유지여 국유지."

신경질적인 목소리였다.

"지도상에 해수욕장이 있는데요."

"해수욕장 안 해요. 폐쇄된 지 오래됐습니다. 어서 돌아가세요."

"그럼 근처에 해수욕장은 어디로 가야 해요?"

"가려면 거금도로 가세요."

"어떻게 가죠?"

"위로 올라가서 다리를 건너야 합니다."

어쩔 수가 없었다. 내려왔던 길을 다시 올라갔는데 내리막 시작 지점에 표지판이 있었다.

'자전거나 걸어서 거금도(거금대교 자전거도로)를 가시고자 하시면 우측 소록도병원 주차장에서 산책로를 따라가시면 됩니다.'

글을 보고 다시 내려가서 말했다.

"저기 위에 표지판에 거금도 가려면 주차장에서 산책로 따라가라는데요?"

신경질을 내며 말했던 아저씨가 갑자기 침묵하더니 상냥해졌다.

"그라믄 내가 알려줄게, 잘 들어."

절대 못 들어온다고 신경질 내며 말할 땐 언제고. 표지판에 써 있다고 하니 말투가 바뀌었다. 처음부터 친절하게 안내해 줬더라면 오르막을 올라갔다 돌아오는 수고는 하지 않았을 텐데….

주워 쓰기

거금대교는 다리 위로는 차, 다리 밑으로는 보행자가 다닐 수 있도록 설계되어 있었다. 저녁노을을 배경으로 거금대교를 달리니 기분이 좋았다. 거금대교를 지나 금산면 고라금 해변에 도착했다. 야영하는 사람은 있었는데 샤워장이나 음식점은 하나도 없었다. 씻어야 잠이 와서 화장실은 필요했다. 근처 밭에서 일하고 있는 아저씨께 물었다.

"그런 곳이라면 익금 해수욕장까지 가야 해. 자전거로 엄청 걸릴 텐데."

다른 방법을 찾아야 했다. 혹시나 하는 마음에 논, 밭 사이로 나 있던 길을 따라 마을회관으로 갔다. 도착해서 두리번거리다가 한 할머니를 만났다.

"할머니, 오늘 마을회관에서 하루 묵어도 되는지 여쭤보고 싶어요."

"나는 잘 모르겠고 이장님한테 물어봐."

얼마 지나지 않아 이장님이 오셨다.

"이장님이세요?"

"어. 왜?"

"혼자 여행하고 있는데요, 오늘 마을회관에서 묵고 싶어서요."

내 상태를 쭉 보시더니 이장님이 말했다.

"그러도록 해. 밥은 먹었는가?"

"아니요. 아직 못 먹었어요."

"바빠서 밥은 못 해줄 것 같은데."

"밥은 괜찮아요. 실내에서 자는 것도 고마운 일인걸요."

"저 언덕만 넘어가면 식당이 있어. 짐 풀고 자전거 타면 후딱 갔다 올 거야."

자전거에서 짐을 풀어 회관 안에 던져놓고 자전거를 탔다. 묶어 놨던 배낭과 텐트가 없는 자전거를 타니 자전거가 이렇게 가벼웠나 싶었다.

식사를 하고 마을회관으로 돌아왔다. 샤워장은 없었고 창고 수도 꼭지에 물이 나와서, 양동이를 주워 샤워와 빨래를 했다. 방아머리에서 할아버지가 준 종이로 계속 일기를 쓰고 있었는데 남아 있는 종이가 거의 없었다. 마을회관에 달력 종이가 버려져 있기에 몇 장을 주웠다. 큰 달력 종이에 깨알 같이 일기를 쓰면 며칠은 쓸 수 있겠다 싶었다.

다음 날 이른 시간인데도 마을 어른들은 하루를 시작하고 있었다. 고맙다는 인사를 하고 출발했다.

● 고흥군 금산면 대흥리 신흥회관

자전거 일주의 매력

소록도에 도착해 화장실을 갔다가 잠시 쉬고 있는데 공용주차장에 관광버스가 하나둘 들어왔다. 소록도 병원은 9시부터 일반인 출입이 가능했다. 관광객들은 8시반 정도 되니 그냥 들여보내 주었다. 가이드가 이끄는 관광객 뒤를 따라가 봤다. 가이드도 관광객도 내가 일행이 아닌 걸 알았겠지만 뭐라고 하는 사람이 없었다. 오히려 아주머니들이 사진을 찍어달라고 부탁을 했다. 그래서 계속 따라다녔다. 뜻밖의 관광이었다. 가이드의 설명을 들으며 소록도를 둘러보니 마음이 절로 숙연해졌다.

소록대교를 지나 도양읍 신양리 즈음에 830번 도로로 들어가는 갈래 길 전에서 식당에 들어갔다. 백반을 시키고 음식이 나오길 기

다리고 있는데 대각선에 보이는 자리에서 맥주를 마시던 아저씨가 말을 걸어왔다.

"자네 어디서 왔는가?"

"서울에서 왔어요."

"서울에서 왔다고? 아니 혼자?"

"네!"

"진짜 혼자?"

"네!"

"진짜?"

"네!"

"얼마나 걸렸는가?"

"한 3주 정도 된 것 같아요."

"아이고야, 대단하네. 자네 갈 때 전화번호 좀 주게. 우리 어릴 때는 상상도 못 할 일이지. 우리나라 대학생이 몇 명인가? 그중에 이걸 할 수 있는 사람이 몇 명이나 될라는가? 내 생각엔 별로 없을 거란 말일세. 아마 거의 제로에 가깝다고 생각되네. 그런데 떠난 이유가 뭔가?"

"한국을 알고 싶었어요."

'그곳을 진짜 알고 싶을 땐 길을 잃어라.' 중문 해수욕장에서 긴수염 아저씨 아내분이 해준 말이 떠올라 대답을 했다. 구구절절 가정사와 현실에 대한 이야기를 하기에는 시간이 없었다.

여행 중 만나는 사람들이 떠난 이유를 물어볼 때면 상황에 따라 다른 대답을 했다. 한국의 건축을 보고 싶다고 둘러댄다거나. 그냥 한국을 알고 싶다고 하거나. 대학시절 꼭 해보고 싶은 버킷리스트라고 하거나. 남들이 가질 수 없는 경험을 갖고 싶어서라거나. 가정사를 얘기하면서 생각을 정리할 시간이 필요했다고 하거나 등등. 질문한 사람과의 시간적인 여유나 관계 등을 고려해 대답을 했다.

여행을 하는 이유야 어찌 되었든 이제는 힘들어도 그만둘 수가 없었다. 단순히 '나는 완주를 해야 하니까 힘들어도 참아야겠다'는 아니었다. 힘든 순간은 순간뿐이었다. 힘든 시간도 한두 시간 지나면 또 잊혀지고 내리막을 내려가면 또 잊혔다. 매 순간 달라지는 풍경과 매일 다른 아침과 저녁도 있었다. 매일 새로운 사람들과 그 사이에 일어나는 알 수 없는 에피소드들도 있었다. 나는 자전거를 타고 달림에 있어서 완전한 매력에 빠져들고 만 것이었다.

"밥은 마음껏 먹게. 밥값은 내가 내지."

"고맙습니다! 한 공기만 더 먹을게요!"

"그래. 그래. 마음껏 먹어."

나중에 꼭 한번 다시 보고 싶다는 말과 함께 연락처를 종이에 적어주었다.

고맙습니다

830번 도로를 탔다. 시골마을을 지나는데 슈퍼나 식당, 주유소 같이 물을 얻을 곳이 없었다. 햇볕이 쨍쨍한 탓에 뜨겁게 달궈진 물통에는 뜨거운 물만 있었다. 너무 갈증이 나서 뜨거운 물이라도 목을 축일 수 있는 것에 감사했다. 용봉 해수욕장 가기 전에 급경사 오르막길이 나타났다. 가파르면서 이렇게 길었던 오르막길은 처음이었다. 끌고 올라가는 내내 양말 뒤꿈치가 벗겨져 한발 한발 내딛을 때마다 양말을 고쳐 신어야 했다. 그 이후로도 작은 언덕이 많았는데 대부분 경사가 급했다. 언덕을 여러 번 오르락내리락 하니 진이 다 빠졌다. 고흥만 방조제를 지나 풍류리 용당리를 지나 길을 잘못 드는 바람에 대전 해수욕장으로 들어갔다. 마침 해수욕장에 슈퍼가 있어서 아이스크림을 하나 사 먹었다. 죽다 살아난 기분이었다. 갈증이 쉽게 풀리지는 않았다. 길을 헤매다가 예회리로 들어섰다. 가던 길에 외양간에서 일하다가 밖에 앉아 있는 할머니가 보였다. 마침 할머님께 시원한 얼음물이 있었다.

"할머니. 물 좀 먹을 수 있을까요?"

"그랴. 이거 먹어. 며칠 전에도 어떤 사람이 자전거 타고 가다가 여기서 물 먹고 갔는데."

"정말요? 여기 오는 길에 물 먹을 만한 곳이 없더라구요."

"그랴. 많이 먹고 좀 쉬었다 가."

너무 좋았다.

"밥은 어떻게 하고?"

"밥은 식당에서 사먹어요."

"우리 집에도 밥 있는데 먹고 가려면 먹고 가."

정말 그러고 싶었다.

"저도 먹고 싶은데 갈 길이 멀어서요."

감사하다는 인사를 꾸벅 드리고 다시 출발했다. 지금까지 잘 버텨주었던 다리가 시큰시큰 아팠다. 오르막길에서 힘을 너무 줬더니 목도 뻐끗했는지 목을 옆으로 돌릴 수가 없었다. '이거 큰일 난 거 아니야?' 자전거를 멈추고 서서 찌릿하게 아픈 목을 주물렀다. '병원이라도 가봐야하나.' 830번 도로를 타고 가다가 금성 부근 슈퍼에서 또 아이스크림을 먹었다. 슈퍼에 있던 호스로 세수를 하고 머리도 감았다. 너무 힘이 들었다. 휴식이 필요했지만 여기서 멈출 수는 없었다. 그렇게 우여곡절 끝에 과역리에 도착했다. 벌교까지 가려고 했는데 아무래도 무리였다.

해가 저물 무렵 기운이 다시 솟고 다리에 힘이 붙었다. 이유를 딱히 설명할 수 없었다. 낮 시간에 그렇게 지쳤던 몸에서 해가 지니 언제 그랬냐는 듯 힘이 솟아났다. 달이 뜨면 돌변하는 구미호 같았다. 과역리를 지나 남양리 쪽으로 가는 중에 주유소에 들렀다.

"물 좀 얻을 수 있을까요?"

"네. 들어오세요."

사장님이 반가워하며 악수를 권했다. 지나온 길에 대한 이야기를 듣고 싶어 해서 설명해 줬더니 아저씨가 말했다.

"나는 사막 마라톤을 했었어. 공중파 다큐멘터리에서 날 취재하러 오기도 했었지. 오지 마라톤 50대 연령에서 1등을 했었거든."

"와 정말요? 제가 정말 대단한 분을 만났네요."

"나중에 마라톤 관심 있으면 한번 도전해 봐. 동호회 번호 알려줄게."

번호를 적어 주더니 다시 말했다.

"잠시만 기다려 봐."

아저씨는 냉장고에서 얼음물을 가져다줬다. 그리고 자전거를 보더니 말했다.

"너무 부실한 거 아니니? 잠깐만 기다려 봐."

그러곤 또 안으로 들어가 잠시 뒤에 나오더니 빵과 초코바를 건네줬다.

"내가 마라톤 할 때 먹으려고 했던 건데, 이거 가져가."

감사하다고 말하며 꾸벅 인사를 했다.

날이 저물자 힘이 솟아났다. 방조제에 이르니 노랗게 저물어 가는 해가 보였다. 서쪽 하늘의 저녁노을에는 매번 마음을 울리는 색다름이 있었다. 오늘은 영등리 마을회관에서 하룻밤을 부탁해 보기로 했다. 날도 많이 어두워져서 더 이상 달릴 수도 없었다. 마을 주위를 둘러보니 아무도 없었다. 이장님을 찾아가 허락을 받아야 했다. 밖에 돌아다니는 아주머니에게 물었다. "저기요. 혼자 여행하는 사람인데요. 오늘 하루만 회관에서 자도 되나요?"

● 아름다웠던 낙조

"여기 할머니들 자는디, 학생 자리 없을 텐디."

"할머니들께 제가 양해를 구해도 될까요?"

"일단 들어가서 불 켜고 앉아 있어 봐."

마을회관 안에는 엄지손가락 크기의 개구리 두 마리가 방안에서 뛰어놀고 있었다. 개구리랑 놀다가 주유소에서 받았던 빵을 먹으며 기다렸다. 계속 기다려도 아무도 오지 않았다. 회관에서 제일 가까운 집으로 찾아갔다.

"계세요. 계세요."

때마침 이장님이 집으로 들어왔다. 찾아갔던 집이 우연찮게 이장님 집이었다. 소식을 들었는지 이장님이 먼저 말을 걸어왔다.

"학생증 있으면 좀 줘 봐. 요즘 세상이 워낙 험해서."

회관으로 돌아와서 민증을 먼저 보여주고 학생증도 보여줬더니 이장님이 말했다.

"밥은 먹었는가?"

"빵이랑 좀 먹었어요."

"밥 먹을 돈은 가지고 다니는가?"

"네 가져왔어요."

"그래. 그럼 자."

회관에 오신다던 할머니들은 오지 않았다. 잘 준비를 마치고 일기를 쓰고 있는데 이장님이 들어왔다.

"김밥 네 줄이여. 오늘 두 줄 먹고 자. 내일 아침에 두 줄 먹고."

근처에 식당이 없어서 굶는 줄 알았는데, 감사하게도 김밥을 사다줬다.

아마도 여행 중에 가장 많이 했던 말은 '고맙습니다.'였을 것이다. 특히 오늘은 식사비를 내준 아저씨, 얼음물을 준 할머니, 초코바와 빵을 준 주유소 사장님, 김밥을 사준 이장님 등 많은 사람들에게 도움을 받았다. 그들이 없었다면 나는 완주를 할 수 없었을 것이다. 초면에도 도와준 많은 사람들이 나의 완주를 위해 응원을 해주는 것 같았다. 달리면 달릴수록 도움을 주는 사람들이 많아졌다. 나는 완주가 도움에 대한 보답이라고 생각했다.

다음 날 이른 아침 마을이 조용했다. 일찌감치 하루를 준비하는 아주머니 한 명이 보였다. 이장님 집을 찾아가려다 자는 중이면 실례가 될 것 같아 아주머니께 말했다.

"이장님께 잘 있다 간다고 감사하다고 전해주세요."

"그려. 그려."

마을 사람들이 모두 나의 거처를 아는 듯했다.

돌아이

매일이 또 다른 시작이었다. 목적지는 있지만 계획 대로 될 수도, 되지 않을 수도 있다. 더 짧게 갈 수도, 더 길게 갈 수도 있다. 중요한 것은 시간을 효율적으로 잘 쓰고 있는가였다. 지방도로를 탔다. 넓고 곧게 뻗은 2번 도로를 탈 수도 있었지만 더 많은 풍경을 보고 새로운 장소를 지나가는 게 지금 내가 효율적으로 시간을 쓰는 방법이었다. 순천 청암 대학 부근에 도착해 17번 도로를 타고 내려와 863번 도로로 들어섰다. 863번 도로는 길이 대체로 좋지만 단조로웠다. 지금까지 봐왔던 시골 길과 논, 밭은 전처럼 감흥이 없었다. 마음을 사로잡는 아름다운 풍경을 볼 때면 멈춰서 사진을 찍기도 하고 그곳을 온전히 느끼며 천천히 달리기도 했는데 그럴만한 곳이 없었다.

그렇다면 빨리 달리는 게 시간을 효율적으로 쓰는 방법이었다. 근육이 터지지 않을 만큼만 속도를 냈다. 내 근육은 소중하니까.

한참을 달리니 숨이 찼다. 꽤 오래 빨리 달렸더니 근육보다 자전거가 걱정이 됐다. 최근에 펑크가 너무 자주 나서 타이어가 또 터지지는 않을지 노심초사하면서 자전거를 살펴보았다. 출발하기 전에는 타이어가 새것 같았는데 신경을 못 쓰고 있다가 이제야 정신 차리고 타이어를 보니 마모가 심했다. 이래서 펑크도 자주 났겠다 싶었다. 타이어가 도로에 닿는 면적도 점점 넓어져 자전거를 탈 때 힘도 더 들었다. 타이어를 교체하면 더 빨리 손쉽게 달릴 수도 있었겠지만 완주할 때까지 타이어를 교체하지 않았다. 체인도 마찬가지로 늘어나 오르막에서 이탈이 많이 되어도 교체하지 않았다. 자전거를 7만 원에 구입했는데, 부속품을 교체하는 데 몇 만 원 되는 금액을 지불해야 한다니 마음이 허락하지 않았다.

여수에 도착해 남해 가는 배를 타러 여수 연안 여객선 터미널로 갔다. 알아보니 여수엑스포 역에 가면 남해 가는 배를 여기보다 30분 더 일찍 탈 수 있다고 해서 서둘러 여수엑스포 역으로 달렸다. 여수엑스포는 사람들로 북적였다. 여객항에 가려면 셔틀버스를 타고 엑스포 안으로 이동해야 했다. 여객항에 도착하니 남해 가는 배가 출항하기 5분 전이었다. 남해 서상항행 밖에 없어서 서둘러 발권을 하고 배에 올랐다. 내가 타자마자 배가 출발했다. 배 선단으로 나가

정면으로 부는 맞바람을 맞으며 바닥에 앉았다. 제재하는 사람이 없었다. 다른 승객들도 밖에 나와 사진을 찍으며 경치를 구경했다. 구경하고 들어가면서 바닥에 앉아 있는 나를 이상하게 보면서 지나 갔다. 나는 늘 특이한 놈이었다.

특이하다고 생각한 적이 없었는데 대학교에 와서 '돌아이'라는 별 명을 얻었다. 처음 만나는 동기들이 느꼈을 때 예상되는 성격과 하 는 행동이 항상 맞지 않아서였던 것 같다. 사람을 처음 만나 해야 할 말이 떠오르지 않으면 어색하더라도 계속 아무 말도 하지 않았다. 어색함을 깨려고 굳이 노력하지 않았다. 그래서 그들에게 내 첫인 상은 '말하지 않고 조용한 사람'의 이미지였나 보다. 하지만 어떤 목 적의식을 가지면 말이 많아졌다. 학교에서 과제 할 때 의견을 나누 거나 토론할 일이 생기면 내 주장을 많이 했다. 자주 조장을 맡기도 했다. 조용하게 가만히 있던 애가 왜 저러지 생각했을 법하다.

한번 몰입하면 주변을 잘 의식하지 못한다. 컴퓨터를 하고 있으 면 옆에서 부르는 소리도 잘 듣지 못한다. 대학축제에서 공연을 하 는데 맨 앞줄에서 방방 뛰고, MT 가서 마이크 잡고 땀이 줄줄 나도 록 춤추면서 노래도 열심히 했다. 그럼 늘 주변에서 이상하게 보곤

했다. 정작 나는 놀러왔는데 미친 듯이 놀지 않으면 시간이 아까운 기분이었다. 각자 자기만의 삶의 방식이 있겠지만 내 삶이 보통의 삶은 아니었다. 주변을 의식할 수 없는 환경에서 내 삶을 열심히 산 것뿐이었다. 그만큼 몰입도가 높을 수밖에 없었다. 어쨌든 '돌아이' 라는 별명은 마음에 들었다. 동기들이 '또라이'가 아니라 '돌아이'라 고 별명을 붙여준 건, 내가 예상할수 없는 사람이라는 의미도 있지 만, 아이돌 같은 '베리핸섬'의 의미도 있었으니까.

서상항 근처에는 해변이 없었다. 항구 주변의 남해스포츠파크를 지나 여수엑스포 후원 캠핑장이 있었다. 조끼를 맞춰 입은 관리자 들이 모여 고기를 구워 먹고 있었다.

"여기 야영하는 데 돈 받나요?"

"네. 하룻밤에 2만 원이요."

"네? 2만 원이요? 너무 비싸요. 혹시 저 위에 스포츠파크 아무 데 나 텐트 치면 안 될까요?"

"아마 안 될걸요? 혼자 오셨나 봐요?"

"네. 혼자예요."

"어디서 오셨어요?"

"서울에서요."

잠시 고민하더니 한 명이 말했다.

"그럼 구역 정해져 있는 자리는 못 드리고 평평한데 아무 데나 치셔도 돼요."

"정말요? 고맙습니다! 샤워비는 드릴게요."

"아니에요. 그냥 쓰세요. 샤워장은 저기 뒤에 있으니까."

"감사합니다!"

잘 준비를 마치고 식당에 가는 길에 하늘을 봤다. 구름에 반사되는 태양 빛을 보며 한동안 무엇에라도 홀린 듯 가만히 서서 바라봤다. 바람에 구름 형상이 바뀌면서 노을 색도 점점 짙어져갔다. 아무 생각 없이 아름다운 풍경을 보는 것 그 자체만으로도 좋았다.

● 구름에 반사된 태양 빛

오늘도 이렇게 도움을 받는다

다음 날 지도를 보니 남해는 등고선이 촘촘했다. 힘들 수도 있겠단 생각이 들었다. 역시나 오르막도 급경사, 내리막도 급경사였다. 올라가면 내려가고 내려가면 올라갔다. 작은 오르막과 내리막이 연속해서 있다 보니 오르막은 추진력으로 올라가야 흐름이 끊기지 않았다. 힘들게 오르막을 오르면 내리막은 단 몇 초 사이에 끝났다. 마치 평지에서 전력 질주로 달리다 걷다를 반복하는 것 같았다. 헉헉, 순식간에 숨이 차올랐다.

　해안 도로를 따라 달리다 보니 관광 안내소가 나왔다. 배가 고파도 너무 고팠다. 지나는 길에 도통 식당이 안 보여서 길을 물으러 들어갔다.

"저기요. 혹시 근처에 식당이 어디 있어요?"

"저기 다랭이 마을 밑으로 내려가면 있어요."

"여기 있다고요?"

알고 보니 도착한 곳이 남해 유명 관광지인 다랭이 마을이었다. 정신을 차리고 둘러보니 길가에 주차되어 있는 승용차들도 많았고 관광객도 많았다. 마을로 내려갔다. 워낙 급경사여서 자전거를 끌고 내려가는 게 힘이 들 정도였다. 도로와 가장 가까운 식당으로 들어갔다. 아침도 못 먹고 점심시간이 다 될 때까지 달린 터였다. 호된 훈련을 마친 것처럼 몸이 많이 지쳐있었다. 식사를 하긴 했지만 지쳤던 몸이 쉽게 회복되지 않았다. 날씨가 워낙 뜨겁기도 했다. 마침 식당 바로 위에 정자가 있었다. 그늘이 있는 정자가 참 좋아서 잠시 눈을 감고 누워 있다가 살짝 잠이 들었다. 깜짝 놀라서 일어났는데 발길이 떨어지지 않는다.

다랭이 마을을 지나 언덕을 오르니 기막힌 내리막이 월포 해수욕장까지 이어졌다. 중간이 약간 오르막이었지만 내리막 내려가는 속도가 워낙 빨라 추진력으로 쉽게 올라갈 수 있었다. 롤러코스터를 내가 운전해서 타고 내려가는 기분이었다. 힘든 와중에 가끔씩 이런 내리막을 맛보면 짜릿한 기분이 든다. 내리막을 내려갈 때는 팔을 벌려 바람을 느꼈다. 그러면 내가 여행을 하고 있다는 것이 새삼 실감났다.

● 남해 다랭이마을

상주 해수욕장, 설리 해수욕장, 미조항을 지나 초전 해수욕장에 도착했다. 주인처럼 보이는 분에게 말을 걸면 어김없이 사장님이셨다.

"아주머니, 야영하고 싶은데 돈 받나요?"

"만 원."

아주머니는 늘 하던 대답인 듯 무심하게 대답했다.

"사실 제가 멀리서 혼자 왔는데, 저기 야영자리 말고 빈 공터에 치고 자면 안 될까요?"

"어디서 왔는데?"

"서울에서요!"

아주머니는 잠시 고민하더니 말을 이었다.

"그래. 그러도록 해."

"샤워비는 드릴게요."

"아니야. 그냥 샤워해. 우리 아들도 자전거 마니아인데 지금 서울에 있거든. 자넬 보니 아들 생각이 나네. 푹 쉬다가 가."

오늘도 이렇게 도움을 받았다.

해질녘 노을빛에 일기를 썼다. 저녁노을은 언제 봐도 아름다웠다. 동해로 넘어가면 이제 다시 못 볼 노을이었다.

밤 사이 바람이 불어 펄럭이는 텐트 때문에 잠을 설쳤는데, 다음 날 잠에서 깨어나니 불어오는 바람이 반갑게 느껴졌다. 아침에 바람을 맞으며 누워있으면 그렇게 좋을 수가 없었다. 일어나 준비를 하고 도로로 나왔다. 편의점에서 구운계란, 컵라면과 김밥을 사서 밖에 있는 테이블에 앉았다. 강아지가 어디서 냄새를 맡고 왔는지 코를 벌렁거리고 꼬리를 살랑살랑 흔들며 애처로운 눈빛으로 나를 처다봤다. 그 눈을 보고 지나칠 수가 없었다. 계란을 조금 잘라서 던져주니 잘도 받아먹었다. 금방 먹어 치우더니 또 꼬리를 살랑살랑 흔들며 나를 처다봤다.

"강아지야. 이제 더 없어. 나도 먹어야 해."

강아지는 떠날 줄 모르고 주위를 계속 왔다 갔다 했다. 음식을 다 먹고 마지막 김밥 두 개가 남았다. 그중 한 개를 던져주니 김밥은 영 흥미가 없는지 반찬거리만 쏙 빼먹고 밥을 다 남겼다. 괜히 줬다.

덥고 힘들면 항상 아이스크림을 먹었다. 지나는 길에 슈퍼에 걸려있던 아이스크림 40% 할인 현수막이 보였다. 멈추지 않을 수가 없었다. 슈퍼 밖에 테이블에서 한 아주머니가 팥빙수 아이스크림을 먹고 있었다. 슈퍼로 들어가 단숨에 팥빙수를 집어 들고 주인아저씨에게 말했다.

● 먹을 거면 밥까지 다 먹어야지!

"아저씨. 이거 얼마예요?"

"1,500원."

너무 비쌌다. 마음을 접고 폴라포를 집어서 계산하려는데 팥빙수를 먹던 아주머니가 말했다.

"오메 맛있는 거. 어찌 이래 맛있게 만들었노."

그 말에 폴라포를 내려놓고 팥빙수랑 서울우유를 사버렸다. 오늘만큼은 사치를 부리고 싶었다. 아주머니 말대로 너무 맛있었다. 순식간에 팥빙수 아이스크림을 다 먹고, 여운을 참지 못해 폴라포도 사먹었다. 아이스크림이 없었으면 전국일주를 무사히 마칠 수 있었을까 하는 생각이 들 정도로 아이스크림을 많이 먹었다. 가지고 다니던 물통은 보냉이 되지 않아 더운 날에는 뜨거운 물을 마시기 일쑤였다. 그러니 아이스크림은 가뭄의 단비 같은 존재였다. 당 충전도 되고 힘들고 지칠 때 아이스크림을 먹으면 없던 기운이 생기기도 했다.

쉴 때는 확실하게 하루 쉬기

77번 도로를 타고 달렸다. 저 멀리 삼천포대교, 늑도대교, 초양대교 가 보였다. 초양대교를 지나기 전에 휴게소가 있어서 화장실에 들 렀다. 벤치에 누워 잠시 쉬면서 휴대폰으로 친구들과 문자를 하다 가 그만 배터리가 나가버렸다. 찜질방이나 대합실 등 콘센트가 있 는 곳에 가면 무조건 충전을 했다. 보통은 식사할 때 식당에서 충전 했다. 그래도 배터리는 항상 부족했다. 자전거를 타는 내내 휴대폰 은 음악 듣는 용도로만 썼다.

초양대교를 지나 사천으로 들어섰다. 지도에는 분명 사천이었는 데, 삼천포라는 간판이나 지명이 많이 보였다. 삼천포(三千浦)는 경 상남도 사천시 남부의 도심 지역(동 지역)을 일컫는 말이다. 과거에는 지방 행정 구역으로 삼천포시이기도 했으나 현재는 사천시의 핵심 지구이자 도심 지역이다. 과거 삼천포는 신라시대 때 사물현에 속해있었고 나룻배를 타던 포구였으나 고려시대부터 물건을 수송하는 곳으로 발달하기 시작했다. 그리고 점차 사람들이 모여 살게 되자 삼천리라는 마을이 생겼다. 삼천리 지명은 이곳에서 고려의 수도 개성까지의 거리가 무려 3,000리나 되었기 때문에 지어졌다고 한다.

삼천포를 지나 남일대 해수욕장으로 갔다. 규모가 작고 사람도 별로 없었다. 잠시 나무 밑 벤치에 앉아 지금까지 사용한 비용을 대략 계산해 봤다. 22일 동안 44만 원 지출. 하루에 평균 2만 원씩 쓴 셈이다. 예산안에서 잘 쓰고 있었다. 아침, 저녁 식사비, 배 승선료, 자전거 수리비, 민박, 찜질방 숙박료를 포함한 금액이니 꽤 괜찮게 소비하고 있었다.

한참을 달리다 배가 고파 식당에 들어갔다. 손님은 없었다.

"아주머니, 식사 돼요?"

"네. 혼자 오셨어요?"

"네."

"앉으세요."

"정식으로 주세요."

"원래 정식은 2인 이상 시켜야 되는데 너무 배고파 보여서 주는 거여. 아들 같아서리."

식당에는 아주머니 두 분이 있었다. 식사를 하는 동안 아주머니는 TV를 보며 서로 이야기를 나눴다. 서천에는 갖가지 크고 작은 축제가 많았다. TV에 나오는 연예인들을 보다가 작년엔 연예인 누굴 봤다며 서천 축제 자랑을 했다. TV프로도 재밌는 게 나오고 있어서 부탁을 드렸다.

"아주머니, 저 TV 좀 보다가 가도 될까요?"

"그려그려."

아무도 없는 식당에서 아주머니 두 분과 같이 TV를 봤다. 말을 섞으면서 한참을 TV를 보다가 보던 프로그램이 끝나서 일어났다.

"조심히 가."

"잘 먹었습니다."

잠시였지만 몇 년을 알던 사이처럼 다정하게 인사를 해주셨다.

날이 아직 밝았다. 여유가 생겨 바다에 들어갈 생각을 하니 신이 났다. 바람이 여전히 세게 불고 있었는데, 파도는 어깨를 두드릴 정도로 적당히 높았다. 파도타기를 하며 수영도 하고 파도 반대 방향으로 몸을 부딪치기도 하며 시간을 보냈다. 30분가량 놀다가 샤워를 하고 텐트로 돌아왔다. 여유로우면 뭔가를 더 해야 할 것 같은 기분이 드는데, 오늘은 웬일인지 멍 때리면서 쉬고 싶었다. 텐트를 쳤던 곳 옆에 짚라인 기구가 있었는데, 사람들이 와이어 줄을 타고 활

강하는 모습이 은근히 재밌어 보였다.

　다음 날은 달리지 않고 쉬고 싶었다. 다른 특별한 이유는 없었다. 그냥 그러고 싶은 날이었다. 꽤 오랜 시간을 쉬지 않고 달렸으니 그럴 만도 했다. 거센 바람과 사람을 집어 삼킬만한 파도에 해변 모래사장에는 수영 금지 팻말이 박혀있었다. 파도를 멍하니 보던 중 짚라인을 운영하는 분이 말을 걸어왔다.

　"혼자 오셨나 봐요?"

　"네!"

　"괜찮으면 한번 타보실래요?"

　"정말요?!"

　"자. 여기 줄을 잡고 출발하면 한손은 놓아도 되요."

　"네네!"

　"하나. 둘. 셋."

● 남일대해수욕장.
이런 파도는 처음 봤다.

"끼야!!!!!!!"

사람도 없는 해변에서 원숭이 소리를 질러대니 메아리가 울렸다.

무료로 태워주는 데 홍보라도 톡톡히 해야지.

반복적인 지루함을 이기기 위한 질주

다음 날 목적지는 통영이었다. 논, 밭, 바다에 대해 이젠 처음 풍경을 느꼈을 때만큼의 감흥이 느껴지지 않았다. 반복되는 풍경과 변화 없는 시간이 이어졌다. 여행을 시작한 이후 처음으로 지루한 순간들이었다. 변화 없는 시간이야말로 무엇인가를 열정적으로 시작했다가 그만두게 되는 이유일지도 모른다. 언제나 즐겁고, 언제나 열정적일 수는 없다. 이 시간을 어떻게 지나야 하는지도 큰 숙제였다.

나의 전국일주에 단계가 있다고 한다면, 나는 지금 서해안과 제주도를 지나오면서 '열정의 단계'를 지났다고 생각했다. 자는 방법, 먹는 방법, 달리는 방법, 수리하는 방법, 도움을 요청하는 방법, 길을 찾는 방법 등을 배우며 자전거 타는 데 완전히 도사가 되었다.

이제 눈으로 보고 느꼈던 새로웠던 풍경들이 25일차가 넘어가면서 더 이상 새롭지 않았다. 20일이면 사람에게 습관도 생기는 기간이다. 자전거를 타는 행위가 더 이상 새롭지 않았다. '한 달 살기'가 인기 있는 이유도 한 달 정도가 되면 더 이상 새로움이 느껴지지 않아서일까.

　이제는 열정의 단계를 지나 어떤 정체기에 든 것 같았다. 삶에도 방향이 있듯, 전국일주에 완주라는 목표가 있는데 지루하다고 포기할 수는 없었다. 이 순간을 묵묵히 견뎌내고 지나는 방법밖에 다른 방법이 없다. 지금은 달리는 행위에만 집중하는 것이 지루함을 이기는 방법이었다. 마치 이별을 잊기 위해 일에 집중하는 것과 같은 기분이다. 주변 풍경을 많이 보지 않았고, 사진도 많이 찍지 않았다. 산을 하나둘 쑥쑥 넘었다. 77번, 1010번, 또다시 77번, 1010번 도로를 번갈아 타며 고성으로 진입해 14번, 1021번 도로를 차례로 타며 통영에 도착했다.

이런 갈증은 처음이야

구 거제대교로 향하는 길에 주유소에서 물을 부탁했다.

"사장님, 물 좀 얻을 수 있을까요?"

"물이 없는데."

옆에 떡하니 물병이 쌓여있는데, 보란 듯이 없다고 했다. 지금까지 친절하게 도움을 주는 주유소 사장님만 만나다 보니 호의를 베풀지 않는 사람에겐 마음이 상하기도 했다. 오늘은 그렇게 죽림 해수욕장에서 하루를 마무리했다.

다음 날은 힘이 없었다. 상체를 일으키는 데 이렇게 힘든 적이 없었는데, 팔 하나 다리 하나가 천근만근이었다. 일어나 텐트를 정리하려니 막막했다. 그렇다고 계속 누워있을 수는 없었다. 하나씩 천천히 정리하다 보면 시간이 걸릴지라도 언젠가 정리가 되겠지 하는 마음으로 움직였다. 느릿느릿 정리를 하다 보니 한 시간을 넘게 정리한 것 같았다. 기력이 더 빠졌다. 이런 적이 없었는데, 왜 이러지? 컨디션이 좋지 않다고 병원에 갈 수는 없었다. 그저 다시 몸 상태가 괜찮아지길 바라는 것밖에 다른 도리가 없었다.

천천히 달렸다. 오르막에서 페달을 밟을 힘이 없었다. 올라가면 또 오르막이 나오고 또 오르막이 나오고 계속 오르막만 나왔다. 한 시간 반을 걸어서 올라갔다. 내리막은 언제 나오는지…. 거제도는 큰 산 둘레로 완만하게 긴 오르막이 있었고, 그 뒤로 완만한 긴 내리막이 있었다.

1018번 도로를 따라 달리다 보니 14번 도로와 만나는 지점에 도착했다. 공원에 있는 수도를 틀었는데 뜨거운 물이 나왔다. 그래도 물은 귀하니까 물통에 담았다. 마땅히 그늘진 곳도 없어서 뜨거운 태양을 맞으며 앉아서 쉬었다. 덥기는 했지만 바람이 조금씩 불어왔다. '아 또 오르막이네….' 계속되는 오르막에 발걸음이 떨어지지 않았다. 잠시 눈을 감고 있다가 그대로 꾸벅 졸았다.

가지고 다니던 물병은 뚜껑에 손잡이가 달려 있었다. 손잡이를 잡고 뚜껑을 돌려서 여닫는 방식이었다. 보통은 자전거 짐칸에 배낭을 묶으면서 물통도 위에 올려 같이 묶었다. 거제도 14번 길을 걸어 올라가는 길에 물을 마시려고 물병 손잡이를 잡고 빼냈는데 그만 뚜껑이 뜯어지면서 물이 콸콸 쏟아져 나왔다. 젖은 바닥을 한동안 바라봤다. '아… 물 마시고 싶다' 물을 마시고 싶은 욕구가 목까지 올라왔는데 눈앞에서 물이 다 쏟아져버린 것이다. 햇볕이 내리쬐는 더운 여름에 물 없이 사막을 걷는다면 이런 느낌일까.

기다리고 기다리던 주유소가 나왔다. 부탁을 해서 물을 한 모금 마셨다. 6시간 동안 땡볕에서 축구를 하다가 더위 먹기 전에 겨우 찬물을 마시는 기분이었다. 물 한 모금이 너무 감사했다. 늘 곁에 있었기에 찬물에 대한 소중함을 몰랐다. 슈퍼에서 물을 얻을 때 물은 사 먹어야 한다고 했던 아주머니, 물병이 옆에 쌓여 있었지만 물이 없다고 했던 주유소 아주머니, 그나마 있던 따듯한 물을 쏟아버린 오늘. 이런 상황들이 기억에 남는 이유는, 살아오면서 찬물은 늘 당연히 마실 수 있던 것이었기에 존재의 소중함을 깨우치게 되어서였다.

갓길이 없는 커브 길은 특히 조심해야 한다. 우거진 나무로 가려져 버스 기사에게 나는 보이지도 않는다. 뒤에서 버스 오는 소리가 들렸다. 버스가 코너를 돌며 눈앞에 번쩍하고 나타났고 기사님은 날 보자마자 경적을 '빠-앙' 하고 울렸다. 큰 도로나 교량같이 곧게

● 뚜껑이 뜯어져버린 물병

154

뻗어 차가 많이 다니는 길은 갓길이 넓어서 오히려 안전했는데, 오래전에 조성되어 갓길이 없는 커브 길에 나무까지 우거져 있는 경우가 가장 위험했다.

해금강에 도착해 우제봉 전망대를 걸어서 올랐다 내려왔다. 해금강에는 관광차들이 많이 보였다. 그중에는 부산행 고속버스도 있었다. '저 버스를 타고 부산에 가서, 서울 가는 버스를 타면 이 전국일주도 끝이겠지.' 하는 괜한 생각이 들었다. 하루하루를 버티고 또 버티며 달렸더니 벌써 동해안에 다다랐다. 상상 속에만 존재하던 일들이 현실이 되어가고 있었다. 긴 오르막 끝에 긴 내리막. 긴 내리막을 지나니 다시 긴 오르막. 거제에서 내리막을 내려갈 때 전국일주의 순간 최고 속도를 기록했다. 63km/h. 이 속도를 버텨준 내 자전거 타이어에게 영광을 돌린다.

와현 해수욕장에 도착했다. 사람이 많았다. 해변가를 따라 공원이 조성되어 있었는데 야영 금지 팻말이 있었지만 대부분의 사람들이 그다지 신경을 쓰지 않았다. 단속도 없었다. 적절한 장소를 찾아 텐트를 치고 바닷가에 들어갔다. 바닷물에 둥둥 떠서 하늘을 바라봤다. 가끔 파도가 높아 바닷물이 얼굴을 덮치면 몸을 일으켜 얼굴을 씻고 다시 물 위에 누웠다. 평화로운 시간을 보내던 중에 머리 옆쪽으로 뭔가가 부딪쳤다. 슬쩍 보니 죽은 물고기 한 마리가 둥둥 떠 있었다. 화들짝 놀라 혼자 호들갑 떨며 손으로 물을 밀쳐냈다. 젠장.

바다에서 나왔다. 배가 고파 주변을 둘러봤다. 작은 충무김밥 세 개에 5천 원이라니. 여행 중 가장 충격적인 금액이었다. 저녁은 든 든하게 먹고 자야 했다. 텐트 친 곳 뒤에 포장마차가 있었다.

"사장님. 식사 되는 거 있어요?"

"육개장이 있긴 한데."

"그거 하나 주세요! 밥은 따로 주시구요!"

육개장에 밥이 말아져 나왔다. 분명히 밥을 따로 달라고 했는데 듣지도 않았나 보다. 밥이 말아져 있어서 공깃밥을 추가로 먹기가 애매했다. 공깃밥 하나로는 든든하게 배를 채울 수 없는 나를 탓했 다. 힘들었던 거제도 일주를 마무리하며 텐트로 돌아와 그대로 곯 아떨어졌다.

다음 날 14번 도로를 타고 달렸다. 한 시간쯤 달렸는데 소나기도 내리고 날씨도 습하고 계속 오르막만 달려서인지 땀이 비 오듯 쏟아 졌다. 턱 밑으로 땀이 뚝뚝 떨어지고 등에는 옷이 달라붙어 떨어지 질 않았다. '몸에 문제가 있는 건가?'라는 생각이 들 정도였다. 땀이 너무 많이 나서 그늘에서 잠깐 쉬었다. 머리가 어지러운 것도 아니 고 몸이 힘든 것도 아니었지만 물에 들어갔다 나온 사람처럼 온몸이 땀범벅이었다. 원래 땀을 많이 흘리는 체질도 아닌데 이상했다. 땀 을 말리고 휴식을 취하고 다시 출발했다. 평지는 없었다. 남해에서 그랬던 것처럼 오르막이 있으면 내리막이 있고 내리막이 있으면 오르막이 있었다. 거제도만 지나자.

옥포, 덕포, 외포리를 지나 시골길을 이용했다. 시골길은 물을 반드시 준비하고 들어가야 한다는 깨달음을 얻은 코스였다. 고흥에서 830번 도로를 지날 때 느꼈던 갈증과는 차원이 달랐다. 갈증 때문에 두통이 올 정도였다. 머리가 지끈지끈 아파왔다. 입안에 침이 다 말라 뻑뻑했다. 땀을 많이 흘려서일까. 시골길이라 주유소나 슈퍼는 없었다. 공공시설도 주말이라 문을 닫았다. 머리가 핑핑 돌고 현기증이 날 것 같았다. 어떻게든 물을 마셔야 했다. 달리는 와중에 대금리에서 횟집이 보였다. 주차장에 차가 있는 걸로 봐서 영업을 하는 것 같았다. 기쁜 마음에 식당으로 달려가 사장님께 말했다.

"물 좀 먹을 수 있을까요?"

해맑게 웃었더니 사장님이 날 보시며 말없이 컵을 꺼내 정수기에서 물을 담았다.

"물통에 물도 좀 받을 수 있을까요?"

사장님은 인상을 팍 쓰면서 신경질을 내며 말했다.

"그럼 물통을 줘요."

고맙다는 인사도 받지 않았다. 물을 받자마자 벌컥벌컥 마셨다. 물 하나에도 입장 차이가 있다. 나는 식당이 너무 반가웠지만, 사장님께는 내가 불청객에 불과했다는 게 왠지 모르게 쓸쓸했다.

거가대교 히치하이킹

시골길을 따라가다 보면 58번 도로를 다시 만날 수 있을 것 같았다. 한참을 올라가서 거가대교를 지나려고 했는데 길이 없었다. 계속 달리다 보니 유효리였다. 거가대교를 지나서 더 북쪽에 위치한 마을이다. 민박을 운영하시는 할아버지에게 물어봤다.

"할아버지. 거가대교 가려면 어디로 가야 해요?"

"저기는 자전거 타고 못 가. 고속도로야 저기. 자전거를 타고 가려면 진주 가는 방향으로 나가서 돌아 나가야 해."

"네? 통영 쪽이요? 그쪽은 너무 멀어요."

"그거 외엔 방법이 없어."

일단 올라가 봐야 했다. 올라가는 길은 분명 있겠지 싶었다.

"그래도 저기 올라가 보려면 어떻게 해야 해요?"

"관포까지 가야 해. 3킬로미터 정도는 될 거여."

지나왔던 길로 다시 돌아와 관포에 도착하니 큰길을 따라 자동차 전용도로라는 표지판과 함께 58번 도로 위로 올라가는 길이 있었다. 표지판을 무시하고 올라가니 얼마 지나지 않아 톨게이트가 나왔다. '아, 톨게이트라니…' 잠시 고민하던 와중에 순찰차가 왔다.

"못 지나가십니다. 내려가서야 합니다."

"차를 한번 잡아보고 가면 안 될까요?"

"요즘에는 차도 잘 안 서요."

"한번 해볼 수는 있잖아요."

"그럼 30분만 더 잡아보시고 내려가셔야 해요."

약속을 했으니 30분 안에 차를 잡아야 했다. 포터만 보이면 손을 흔들었다. 웃음기 있는 밝은 표정을 지으며 개구쟁이 같은 느낌으로 자동차 와이퍼 움직이듯 손을 하늘로 쭉 뻗어 내 존재를 인식시키려고 손을 마구 흔들면서 점프를 뛰었다. 톨게이트 앞에서 포터를 잡으려고 팔을 벌리고 뛰는 사람은 나밖에 없을 것이다. 포터가 하나둘 지나갔다. 실어줄 공간이 충분한데도 그냥 무시하며 지나가는 사람도 있고, '애는 뭐야?' 하는 표정으로 흥미롭게 쳐다보며 천천히 지나가는 분들도 있었다. 내 모습에 기사님들이 다양하게 반응했다. '이제 30분이 다 지났는데…' 거가대교를 지나지 않으면 일정에 큰 차질이 생겼다. 30분이 거의 다 되고 간절함이 극에 달했을 때, 차 한 대가 멈춰 섰다. 창문이 열리고 안에 있던 사람들이 잠시 동안 나를 뚫어지게 봤다. 자전거를 보여주며 내가 말했다.

"아저씨. 다리만 건너게 해주면 안 될까요?"

잠시 보더니 운전기사 아저씨가 말했다.

"어서 타!"

이럴 수가 !!!! 성공이다!!

말이 끝나자마자 혹시나 마음이 바뀌실까 봐 재빨리 짐칸에 자전거를 실으려고 들어올렸다. 이성보다 감정이 먼저 반응해 자전거를 잽싸게 들어 올렸지만 포터는 너무 높았다. 자전거 무게도 많이 나가서 혼자서는 힘들었다. 끙끙대는 나를 보더니 운전석에 있던 아저씨가 내려서 싣는 걸 도와줬다. 앞 보조석에 아주머니 한 분, 뒷좌

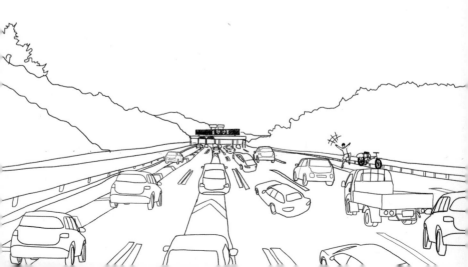

석에도 아주머니 두 분이 타고 있었다. 내가 뒷문을 열자 아주머니
가 어서 타라며 자리를 만들어줬다. 그렇게 거가대교를 지났다. 거
가대교를 지나니 시간이 많이 흘렀다. 대교를 건너고 아저씨가 자
전거 내리는 것도 도와줬다. 고맙다는 말로밖에 표현할 방법이 없
었다.

"조심해서 가."

"정말 고맙습니다!"

드디어 부산에 도착했다. 서해를 돌고 진도에서 제주를 넘어가
다시 완도로 돌아와서 여수, 남해, 통영, 거제를 지났다. 일면식도
없던 나를 도와줬던 많은 사람들 덕분에 지금 나는 부산에 있었다.
새로운 환경을 즐기면서도 배우고, 이겨내고, 반복되는 삶에 지루하
더라도 목표를 향해서 묵묵히 달리는 것만이 내가 그분들께 보답하
는 길이었다.

속초
가사문 해수욕장
울릉도 천부항
내수전 해수욕장
한섬 해수욕장
후정 해수욕장
동해
오포 해수욕장
구룡포 해수욕장
울산
남포동
와천 해수욕장
남일대 해수욕장
남해 스포츠 파크
숙림 해수욕장
소전 해수욕장
출발 / 도착
서여동
낙성대
왕산 해수욕장
방아머리 해수욕장
제부도 해수욕장
안섬휴양공원
태안읍
서해
무창포 해수욕장
변산반도 해수욕장
구사포 해수욕장
목포대학교
영등리 마을회관
수문포 해수욕장
갯마을
대흥리 신흥회관
완도
남해
이호 해수욕장
세화 해수욕장
표선 해수욕장
중문 해수욕장
제주도

4장 동해

장비

중고자전거, 1인용텐트, 침낭,
공기주입펌프, 펑크수리용품,
헬맷, 속도계, 카메라, 휴대폰,
배터리, 충전기, 비누, 노끈, 배낭,
수건, 칫솔, 가방싸개(구입)

입고

선글라스, 양말 1, 티셔츠 1,
축구복, 잠옷바지, 안면마스크
쿨링토시(분홍색), 반장갑,
쿨링토시(남색)
슬리퍼(사망), 슬리퍼(구입)

먹고

편의점 도시락 × 1	갈비탕·곰탕 × 3
김밥 × 5	돈가스세트 × 1
라면 × 4	찌개 × 5
백반 × 2	오뎅 × 1
고기 × 1	미역국 × 2
해장국 × 3	제육볶음 × 1
공기밥 × 8	아이스크림 × 3
뚝배기 불고기 × 1	
자장면 곱빼기 × 1	
해물칼국수 × 1	

자고

해수욕장 × 6
항구(야영) × 1
찜질방 × 7
민박 × 1
모텔 × 2

쓰고

• 밥: 188,950원
• 아이스크림: 2,650원
• 숙박: 86,000원
• 자전거: - 원
• 이동: 166,000원
• 기타: 46,000원
－－－－－－－－－－－－
※ 동해 총 비용 : **489,600원**

달리고

• 이동 기간: 17일
• 1일 최단 이동 거리: 5.67km
• 1일 최장 이동 거리: 108.77km
－－－－－－－－－－－－
※ 동해 총 이동 거리 : **775.09km**

드디어, 부산

부산은 그 자체로 의미가 있었다. 벌써 대한민국의 반 바퀴를 돈 게 아닌가! 일주의 윤곽이 서서히 드러나는 것 같았다. 서해와 남해는 길이 많이 굽어 힘들었는데 곧게 뻗은 동해는 이제 식은 죽 먹기다. 신호대교, 낙동강 하구둑을 지났다. 평지에서는 슬금슬금 가는데도 시속 20킬로미터가 거뜬히 나왔다. 부산이라 신나기도 했고 한편으론 도심 속으로 들어간다는 생각에 갑자기 머리가 지끈거렸다. 서울 나올 때 힘들었는데… 부산은 괜찮을까.

오늘 목적지는 송도 해수욕장. 역시 도심 한가운데서 길을 잃었다. 고등학생쯤 되어 보이는 여자아이가 있어서 길을 물었다.

"저기요."

내 말을 완전히 무시하며 걸어갔다. 한 번 더 말했다.

"저기요!"

그래도 대답이 없자 도심의 소음에 내 말이 들리지 않나 싶어 앞으로 가서 얼굴을 보며 또 한 번 물었다.

"저기요!"

"네?"

학생이 기겁을 하며 뒷걸음을 쳤다.

"송도 해수욕장 가려면 어디로 가야 해요?"

"잘 모르겠어요."

그러곤 날 뒤로하며 뛰어갔다. 다시 한 번 깨달았다. 나는 학생이 겁먹을 정도로 이상한 복장을 하고 있던 돌아이같은 놈이었다.

어렵게 길을 물어 송도 해수욕장으로 갔다. 야영을 하려고 했는데 부산은 어느 해수욕장이나 야영이 금지라고 했다. 그렇다고 숙소에서 자기엔 너무 비싸서 찜질방을 찾았다. 해는 졌고 날은 어두웠지만 시내 쪽으로 나가면 분명히 찜질방이 있을 거라는 믿음으로 남포동 쪽으로 달렸다. 찜질방이라는 빨간색 네온사인이 걸려 있는 건물이 보이자 주차 관리인에게 물었다.

"여기 찜질방 맞아요?"

"여기는 이제 사우나 밖에 안 해. 찜질방 가려면 '해수피아'로 가야 해. 거기가 유일한 찜질방이야. 다른 곳엔 없어!"

확신에 찬 목소리로 말씀하셨다. 찾아보니 '해수피아'는 너무 비쌌다. 마지막이라는 생각으로 길거리에서 호두 파는 아주머니에게 물어봤다. 왠지 구석구석 잘 아실 것 같았다.

"아주머니, 혹시 여기 근처에 찜질방 있어요?"

"어, 있지. 여기서 두 블록만 지나면 국민은행이 있는데 그 뒷건물에 있어."

역시 길은 적어도 두세 명에게 물어봐야 한다.

찜질방 가격도 저렴했다. 씻고 잠만 자기에 적격이었다. 보관함에 짐을 넣어두고 사우나로 들어갔다. 끊어질 것 같은 허벅지와 굳어 있던 어깨가 열탕에서 풀어졌다. 탕에서 나와 찜질복으로 갈아입고 일기를 쓰는데 TV에서 뉴스가 나왔다. 내일부터 게릴라성 비가 온다고?

● 찜질방 가는길, 자갈치시장

다음 날 뉴스에 나왔던 것처럼 아침부터 비가 왔다. 빗줄기가 잠잠해질 때까지 찜질방에 있다가 나왔다. 게릴라성 호우에 달리다가 발목이 묶이지 않도록 배낭 방수커버를 샀다. 방수도 잘 안 되는 싸구려 말고 확실히 성능이 보장이 되는 브랜드 있는 제품을 구입했다. 중고자전거 값과 맞먹었다.

차만 다니는 고가도로를 타고 인도도 없는 길을 달렸다. 부산을 빠져나오면서 또 길을 잃었다. 복잡한 도시의 도로는 지긋지긋하다. 광안리, 해운대 해수욕장을 지나 속정터널에 들어갔다. 터널 안에 있던 인도는 폭이 50센티미터 밖에 되지 않았다. 어둡고 위험했다. 그 짧은 폭을 달리니 정신이 핸들 조종하는 데 집중됐다. 터널을 가던 도중에는 벽에 SOS 박스가 많았고 가방에 묶어 놓은 텐트가 걸려서 몇 번 옆으로 넘어질 뻔했다. 벽으로 최대한 붙어서 가려고 했더니 벽에 옷이 닿았고 팔과 발에 먼지가 더럽게 묻었다. 터널은 진짜 들어가기 싫은 곳이었다.

31번 도로를 달렸다. 기장과 장안을 지났다. 체인이 늘어나 기어 변속을 할 때 자주 풀렸다. 가방끈도 정리를 하지 않아서 체인에 마구 뒤엉켜 자전거가 멈췄다. 체인을 제자리에 걸고 엉켜 있는 가방끈을 풀다가 손에 기름때가 잔뜩 묻었다. 손을 쓸 수 없을 정도로 끈이 뒤엉켜 배낭을 어깨에 둘러메고 자전거를 탔다. 가방을 어깨에 메면 무게 중심이 앞으로 이동해서 달리는 힘은 훨씬 덜 들었다. 그

렇지만 시간이 지날수록 어깨를 누르는 배낭 무게에 어깨와 허리가
아파왔다.

울산 공업단지 31번 도로를 타면서 당월리를 지나는 길이었다.
날은 흐렸고 비도 보슬보슬 내렸다. 지도는 물에 젖을까 봐 가방에
넣었고 필요한 부분만 찢어서 가방 위에 묶었다. 보슬비가 왔지만
배낭커버가 기능이 좋아서 가방 속에 있던 짐은 젖지 않았다.

온산비철금속공단, 처용암, 남구의 용연중공업단지, 석유화학공
업단지, 유성화학단지를 지났다. 승용차에서부터 덤프트럭까지 다
양한 차가 많았다. 보슬보슬 내리는 비를 맞으며 안개가 흐릿하게
낀 어두운 길을 달렸다. 이제는 야간 라이딩에도 익숙해졌다. 처음
에는 그렇게 무서웠는데.

울산에 도착했다. 일곱 시간을 쉬지 않고 달렸다. 배낭을 자전거
뒤에 묶으면, 위쪽은 배낭커버가 있어서 방수가 되었지만, 아래쪽은
바퀴에서 튀기는 물 때문에 젖을 수밖에 없었다. 모래도 덕지덕지
붙어 있었다. 짐이 물에 많이 젖어서 모텔을 잡았다. 젖은 물건을 빨
고 선풍기를 돌려서 밤새 말렸다.

● 저 멀리 공업단지의 야경

비 오고 추울 땐 달려!

동해에는 해변이 많았다. 31번 도로, 명촌대교, 태화강을 따라 동구로 내려갔다. 큰 도로를 따라 화정동을 돌아 일산동 현대중공업을 지났다. 현대중공업을 가로질러 가려고 했지만 얼떨결에 봉대산을 지났다. 궂은 날씨에 오후에 비를 맞으며 달렸다. 기어에 묻어 있던 기름때가 빗물에 튀겨 발이 새까맣게 변했다. 새까만 발이 보기 싫어 공중화장실에 들렀다. 화장실 세면대에서 양말을 벗고 기름때 묻은 발과 슬리퍼를 씻었다. 가지고 다니던 양말은 두 켤레 모두 뒤꿈치가 늘어져 탄력이 없었다. 물을 짜내고 젖은 양말을 신었다. 화장실에서 잠시 쉬고 있으니 몸이 으슬으슬 떨려왔다. 이렇게 쉬고 있다가 몸살이라도 날 것 같아 불안했다. 아프면 모든 게 끝이다. 체

온 유지를 위해 땀을 내려고 좀 더 빨리 달렸다.

경주 국립공원을 지날 때 폭우가 내렸다. 오르막에서 빗방울이 점점 굵어지더니 손가락만한 빗방울이 줄기차게 내렸다. 빗물이 눈앞을 가려 앞이 잘 보이지 않았다. 자전거 마스크가 젖어 숨쉬기가 힘들었다. '우르릉 쾅.' 하늘이 찢어질 것 같은 번개 소리가 바로 옆에서 들렸다. 깊은 산속 오르막 차도에 무섭게 치던 번개소리와 빗줄기. 경사도로를 타고 흘러내리는 빗물이 자전거 바퀴에 갈라져 내려갔다. 31번과 지방도를 번갈아 가며 해안으로 달리다 보니 어느덧 비가 그치고 해가 떴다. 지금까지 달린 거리가 벌써 2,000km.

구룡포에 도착했다. 더운 날에는 땀이 식으면 시원했는데 흐린 날에는 땀이 식으면 추워진다. 힘들어 잠시 쉬려고 멈추면 추워서 쉴 수가 없었다. 일부러 땀을 내려고 얼마나 빨리 달렸는지 모른다. 습한 날씨에 빗물을 마셔서 갈증은 없었다. 춥지만 않다면 비 맞고 달리는 것도 참 좋다.

구룡포 해수욕장에는 야영장도 없었고, 나무 그늘 아래 텐트를 칠 만한 곳도 없었고, 정자도 없었다. 텅 빈 콘크리트 주차장과 평상만 있었다. 평상은 모두 유료였다. 비가 오다가 오지 않다가 반복하는 게릴라성 호우라 자다가도 언제 비가 올지 모르는 상황이었다. 어떻게든 비를 막을 수 있는 천막이 있는 평상에 텐트를 치고 싶었다. 평상마다 주인이 달랐는데 비도 오고 시간도 늦어서 밖에서 호객 행위를 하는 분들도 없었다.

주위를 둘러보다가 집안에 평상이 있는 민박을 찾아 들어갔다. 집안에는 좋은 자전거가 한 대 있었고 할머님이 TV를 보고 계셨다.

"평상에 텐트를 치고 싶은데 싸게 해주시면 안 될까요?"

"얼마나 낼라고? 그냥 민박에서 2만 원에 자."

할머니도 나름 선심을 쓰셨지만 나도 입장이 있었다.

"제가 숙박비가 없어서요. 그냥 평상에 텐트 치고 자면 되는데. 좀 싸게 해주세요."

그때 민박 안에 있던 젊은 청년이 옆방에서 고개를 내밀었다.

"할머니, 괜찮으면 제 방에서 같이 자도 될까요."

이게 웬일인가.

"그려. 그럼 같이 자."

괜히 할머니에게 미안했고 젊은 청년에게 고마웠다. 청년은 스무 살이었고 집이 충주라고 했다. 포항까지 버스 타고 와서 친구 만나고 자전거 타고 충주로 돌아가는 길이라고 했다. 잠깐이었지만 우리는 그날로 형동생 사이가 되었다.

다음 날 일어나서 떠날 준비를 하느라 부스럭거렸더니 동생이 눈을 비비며 일어났다.

"형 간다. 같이 나가서 밥 먹을래?"

"괜찮아요. 좀 더 자구요."

자전거 짐칸에 배낭을 묶고 출발할 준비를 하니 동생이 배웅을 해주러 밖으로 나왔다.

"수고해."

"조심히 가세요."

날씨는 어제와 같았다. '비가 또 올 수도 있겠구나….'

호미곶까지는 경사가 완만했다. 호미곶을 지나 대동배리에 도착했다. 대동배리를 지나서는 급경사가 시작되었고 결국 산을 하나 넘었다. 내리막을 내려와 복잡한 포항 시내를 가로질렀다. 북부 해수욕장, 환호동, 여남동을 지나 죽천리 쪽으로 빠졌다. 이곳도 한참이 오르막이다. 오도리 해변과 이가리 해변은 지도에 나와 있지 않은 해변이었다. 주변에 식당도 없고 조용했다. 바닷물도 굉장히 맑아서 기억에 남는 해변 중 하나다. 캠핑하시는 분들이 곳곳에 보였지만 사람이 거의 없었다. 기회가 되면 나중에 캠핑 와보고 싶은 곳이다.

20번 도로는 화진 해수욕장을 끝으로 7번 도로와 이어져 있었다. 화진 해수욕장을 지나니 벌써 해질 무렵이었다. 오포 해수욕장까지 달렸다. 긴 오르막을 오르는 일도, 산을 하나 넘는 일도, 복잡한 시내를 지나는 일도 이제는 어렵지 않았다.

기초생활수급자의 삶

우리 가족은 내가 취직을 하기 전까지 기초생활수급자였다. 어머니는 병원에서 숙식을 하는 간병사이셨다. 중고등학교 시절에는 월 80~100만 원 내외의 소득이 있었고, 내가 대학교 시절에는 수당이 올라 150만 원 내외가 됐다.

장애가 있던 아버지의 병원비는 다행히 국가에서 지원이 나왔지만 어머니는 한 달에 두 번 정도 면회를 가면서 20~40만 원 정도의 간식비를 아버지에게 드렸다.

그 비용을 제외한 나머지 금액이 어머니와 우리 남매의 생활비였다. 집에서 밥을 먹을 때는 분홍색 밀가루 소세지와 김, 계란, 김치가 반찬의 전부였고 싫증이 날 때면 라면을 먹었다.

학창시절의 나는 누구와 비교를 해도 항상 비교 열위에 있었다. 그때는 반에서 기초생활수급 자격을 가진 학생이 한두 명씩 있었는데 종례 시간에 선생님이 이름을 부르면 앞으로 나가서 친구들 앞에서 지원금을 받아야 했다. 처음에는 제발 친구들 앞에서 내 이름을 부르지 않았으면 했지만 나중에는 덤덤해졌다.

중학교 때 신문 배달을 하러 찾은 신문사도 친구네 아버지가 운영하는 곳이었다. 어머니는 신문 배달 같은 거 하지 말라고 하셨다. 중학생 자녀가 친구네 신문사에서 신문 배달을 하면서 돈 버는 걸 좋아하실 부모님이 있을까. 그래도 경험삼아 해보고 싶다고 엄마를 졸라 아르바이트를 했다. 주변의 시선이 중요하지 않았다. 나에게, 우리 가족에게는 아르바이트가 필요했다.

초등학교 시절 친했던 친구가 있었는데, 거의 매일을 그 친구와 붙어다니고 집에도 많이 놀러갔다. 나와 달리 유복한 친구였다. 나는 시장 신발가게에서 만 원짜리 신발만 사서 신었는데 그 친구에겐 나이키 운동화가 많았다. 그 당시 컴퓨터도 있고 게임 씨디도 있었다. 친구네 어머니는 내가 집에 놀러갈 때면 과일도 챙겨주셨다. 나는 감사히 받았다. 정이 많으신 부모님 같았다.

그 친구는 중학생이 되면서 이사를 갔다. 그리고 더 이상 단양에서 볼 수 없었다. 대학생이 되어 단양에 놀러와 만난 적이 있었다. 학창시절에 자주 오지 못했던 이유를 들어보니 어머니가 단양 친구

만나는 것을 좋아하지 않았다는 것이다. 가난에도 냄새가 있다.

대학교도 국가장학금이 지원되는 국립대학교를 지원할 수밖에 없었다. 어머니는 내가 대학에 가자 월 30만 원의 용돈을 주셨다. 나는 그걸로 대학시절을 보냈다. 자취는 꿈도 꿀 수 없었고, 한 학기에 70만 원 정도로 숙식 해결이 가능한 기숙사에 들어가야 했다. 그래서 기숙사에 들어갈 수 있는 높은 학점이 반드시 필요했다. 동기들과 한 달에 한두 번 술자리를 가지려면 아르바이트는 필수였다.

어린 시절부터 문제가 닥치면 해결 방법을 계속해서 모색하고 즉시 실행에 옮겼다. 마음 편히 쉴 수 없었다. 다른 사람의 시선이 신경 쓰여도 신경 쓸 수 없었다. 아무리 작은 문제도 언제나 생계와 직결됐고, 나와 우리 가족의 미래와 직결됐다. 나는 내 앞에 놓인 문제들을 아무렇지 않게 해결해내야 했다. 문제가 어찌나 많은지. 하나를 해결하면 다음 문제를 해결하기 바빴다.

대학 4학년 여름 방학은 나에게 스펙 준비보다 자전거일주가 필요했다. 삶의 방향에 대해 혼란스러운 와중에 그 방황의 시간도 줄여야 했으니까. 다른 친구들처럼 1년, 2년 휴학하고 쉬면서 고민할 여유 따윈 없었다. 휴학하고 아르바이트하고 돈 벌어서 더 좋은 장비를 사고, 라이딩 훈련도 좀 하고 전국일주를 떠나면 좋으련만, 그럴 여유가 없었다. 돈을 벌려면 시간이 필요했고, 그 돈을 장비 사는 데 쓰는 건 더더욱 할 수 없었다.

중고자전거를 사야 했고, 그냥 달려야 했다.

달리면서 체력을 키우고, 달리면서 적응해야 했다.

시행착오는 겪으면서 해결해 나가야 했다.

그렇게 할 수밖에 없었던 그게, 내 방식이었다.

공중화장실 샤워

영덕에 있던 오포 해수욕장도 사람이 없고 조용했다. 식사를 하러 중국집으로 들어갔다. 중국집에는 초등학생 단체 손님이 선생님과 자장면을 먹고 있어서 시끌벅적했다. 어르신들도 많았다. 혼자 어물거리며 앉아 자장밥을 시켰다. 자전거를 힘들게 타고난 후 먹는 자장의 달콤함과 곁들여 나오는 짬뽕 국물의 칼칼하고 시원한 맛은 잊을 수가 없다.

　해변에 가로등이 없었다. 샤워장은 있었지만 문은 잠겨 있었다. 마땅히 텐트를 칠 만한 곳을 찾기가 힘들었는데 저 멀리 정자가 보였다. 정자에 사람은 아무도 없었고 내일 아침까지 사람이 올 것 같지 않았다. 텐트 치기 딱 좋은 곳이었다.

정자에 텐트를 치고 샤워 도구를 챙겼다. 근처에는 할머니들이 밤에 나와 돗자리를 펴고 앉아서 수다를 떨고 있었다.

"할머니, 샤워장 혹시 쓸 수 없나요? 샤워를 좀 하고 싶어서요."

"거기 샤워장 오래전부터 안 하는데. 지금은 그냥 창고야. 씻을 데가 화장실밖에 없는데 우짜노. 아야. 바구니 하나 줄 테니 공중화장실에 가서 물 담아서 씻어라."

기다리고 있으니 플라스틱 반찬통을 주셨다. 얼떨결에 그걸 받아 공중화장실로 갔다.

화장실은 밖에서 실내가 보이지 않았다. 가끔씩 차가 왔다 갔다 했지만 아무도 화장실을 이용하지 않았다. 샤워하다가 사람이 들어올까 봐 불안불안했다. 옷을 다 벗고 샤워를 해야 하는데 공중화장실인데 괜찮을까?

세면대 수도를 가장 세게 틀어놓고 속옷만 빼고 재빠르게 벗었다. 반찬통에 물을 담아서 온몸에 끼얹고 머리부터 발까지 빛의 속도로 비누칠을 했다. 비누 거품을 닦아내는데 왜 이렇게 안 닦이던지. 막상 금방이었지만 누가 들어올지도 모른다는 생각에 시간이 길게 느껴졌다. 물로 거품을 씻어내고 수건으로 재빨리 물을 닦은 다음 속옷과 잠옷 바지를 입었다. 오늘 미션도 성공이다.

급하게 벗느라 널브러진 옷을 주워서 빨았다. 식사도 했고, 텐트도 쳤고, 샤워도 하고, 빨래도 했다. 매일 밤 잠들 때마다 이렇게 자

● 영덕의 밤
● 정자 위 텐트

고 있는 내가 나도 참 신기했다.

정자에 텐트를 쳐서 비를 확실히 막아줄 수 있다는 안도감에 깊게 잠을 잤나 보다. 다음 날 아침에 잠자리가 좋아서 일어나기가 싫었다. 매일 이런 곳에서 잘 수 있으면 얼마나 좋을까. 네온사인으로 반짝이던 영덕대게마을은 아침이 되니 생동감이 사라졌다. 다시 출발해 볼까.

기록 행진

한참을 달리다 하저리 해수욕장을 지나 대부리에서 한 주택이 보였다. 음식 메뉴가 프린트되어 있는 현수막이 걸려 있었다. 갈비탕이 한눈에 들어와 들어갔다.

"계세요? 갈비탕 되나요?"

"지금은 칼국수 밖에 안 되는데."

"밥을 먹고 싶어서요."

"칼국수에 공깃밥 하나 먹는 게 어때?"

또 칼국수랑 공깃밥. 해안 도로를 달리면 어쩔 수 없나 보다. 칼국수와 공깃밥을 이제 완전히 받아들이기로 했다. 들어가 보니 주방, 거실, 화장실, 안방, 작은방이 있는 일반 가정집이었다. 거실에는 소파가 있었고 그 앞에 좌식 테이블이 있었다. 여느 가정집과 같이 TV도 있었다. "아주머니, 혹시 물수건 있어요?"

"저기 화장실 있는데."

화장실 옆에 있던 방에는 아들이 앉아서 컴퓨터를 하고 있었다. 손을 씻고 나오니 칼국수가 나왔다. 친구 집같이 편한 분위기였다. 눈치도 없이 TV를 보면서 느긋하게 식사를 했다.

식사를 하고 긴 언덕을 넘었다. 영덕대게로를 달렸다. 오보 해수욕장, 경정 해수욕장, 축산 해수욕장, 대진 해수욕장, 명사20리 해수욕장, 고래불 해수욕장, 백석 해수욕장, 후포 해수욕장, 직산 해수욕장, 월송정 해수욕장, 구산 해수욕장, 울진공항을 차례로 지났다.

동해안은 해수욕장이 정말 많았다. 해안 도로 아니면 해수욕장이었다. 서해안, 남해안은 작은 언덕, 급경사, 구불거리는 도로가 많아서 달리면서 힘이 많이 들었는데, 동해안은 평지가 많고 언덕도 큰 언덕이라서 달리는 데 무리가 없었다. 이제는 체력도 받쳐주는 데다 코스 난이도가 낮아 달리는 맛이 났다. 게다가 해안 도로를 달릴 때는 맞바람이 아니라 뒤에서 순풍이 불어서 등을 밀어주는 듯한 느낌도 들었다. 시속 20킬로미터로 달렸을 때도 맞바람을 느끼지 못했으니 순풍으로 불어오는 바람의 시속이 그 정도 되었을 것이다.

기성리에서 사동리로 넘어가 기성망양 해수욕장을 지났다. 해수욕장을 지나 자전거 도로를 탔다. 쭉 뻗어 있던 자전거 도로를 지나

● 자전거도 고생이 많다.

7번 도로에 올랐다. 가다가 다시 917번 도로를 타고 얼마 지나지 않아 뒷바퀴에 철사가 박혀 펑크가 났다.

이제는 펑크가 났다고 당황하거나 어쩌나 하는 두려움은 없었다. 펑크 수리를 어떻게 해야 하는지 훤히 알아서다. 어두워지기 전에 수리를 해야 한다거나, 목적지까지 아직 멀어서 빨리 수리해야 한다는 조급한 마음도 들지 않는다. 야간 라이딩에도 익숙해졌고 계획했던 목적지에 가지 못하면 다른 곳을 찾으면 그만이었다. 그저 또 펑크가 났으니 자전거를 끌고 근처에 있던 마을로 들어갔다. 아무 집에나 들어가 물을 얻어 수리를 했다. 몇 번 하다 보니 제법 능숙하다.

다시 출발했다. 도로가 평탄해 평균 시속 20킬로미터로 달렸다. 다리에 힘을 많이 주지 않아도 쭉쭉 잘 나가 단거리 최고 기록을 세웠다. 약 12킬로미터를 30분 만에 주파했다. 새만금을 지날 때 처음 장거리 최고 기록을 세웠고, 거제도를 지날 때 최고 속도를 기록했고, 동해에서 단거리 최고기록을 세웠다. 자전거를 탈수록 기록도 늘어간다.

사람이 모여 있어야 안정감이 든다

울진에 도착해 분식집에 들어갔다. 김밥이 한 줄에 천 원이다.

"김밥 세 줄에 라면 하나만 주세요."

요즘도 천 원짜리 김밥이 있다니 놀라웠다.

"아주머니, 울진 해수욕장 가려면 어디로 가야 돼요?"

시내에 들어오면 길을 잃어버리기 쉬워 확인할 필요가 있었다.

"울진 해수욕장이라는 건 없는데?"

"네? 지도에는 있는데요? 여기요."

"아. 여기가 연지리 쪽인갑다."

"거기에서 텐트도 치고 샤워도 할 수 있겠죠?"

"해수욕장이라 그럴 수 있지 않겠나. 작년에 한번 갔었는데 할 수 있던 걸로 기억하는데. 지금 가려면 어두워서 말썽이지."

밤길을 달렸다. 야간 라이딩을 하는데 라이트로 불을 밝히지도 않았다. 그래도 두렵지 않았다. 달빛에 의지해도 바닥이 훤히 잘 보였다. 나도 참 많이 늘었다.

연지리 해변에 도착. 화장실이나 샤워장이 없었다. 해변도 아니었다. 작은 항구 마을 같았다. 밖에 있던 아저씨에게 물었다.

"아저씨, 여기 샤워장이나 공중화장실 없나요?"

"화장실 쓰려면 저기서 써."

본인 집 마당에 따로 있는 화장실을 쓰라고 했다. 화장실에 샤워기도 있고 마당도 넓었다. 화장실을 둘러보고 다시 아저씨에게 갔다.

"아저씨, 혹시 여기 화장실에서 씻고 마당에 텐트 치고 자도 될까요?"

"그건 안 돼. 여기 민박하는 집이 얼마나 많은데 내가 그럴 수야 없지. 10분만 더 올라가면 해변이 있는데 거기 시설 좋아. 거기서 샤워, 야영 다할 수 있을 거야."

어두운 밤길. 모든 것이 멈추고 가로등도 켜지지 않은 도로. 주변에 정적만 흘렀다. 움직이는 거라곤 자전거를 타는 나 혼자뿐이었다. 기분이 묘했다. 그렇게 달빛이 밝히는 길을 따라 라이딩이 계속되었다. 달빛이 이렇게 밝았나 싶다.

봉평 해수욕장에 도착했다. 늦은 밤이라 샤워장 문도 닫혀 있고 관리하시는 분도 보이지 않았다. 조금 더 달리면 후정 해수욕장이 있으니 거기까지만 달려봐야지 했는데 밤길에 길을 찾기가 어려웠다. 우여곡절 끝에 후정 해수욕장에 도착했다. 사람도 많고 텐트 치고 야영하는 사람도 많았다. 이제야 보금자리에 온 것 같았다. 사람이 아무도 없는 것보다는 조금은 있는 게 안도감이 든다.

샤워장은 잠겨 있었다. 혹시나 잠겨 있는 손잡이를 잡고 샤워장 문을 밀어봤는데 문이 열렸다. 와우! 슈퍼에서 아이스크림을 사면서 아저씨에게 물었다.

"여기 혹시 야영비 받나요?"

"야영비 받지."

"정말요? 야영장 관리하시는 분은 어디 계세요?"

"나한테 주면 돼. 마을에서 관리하는 거라 마을사람 아무한테나 주면 돼."

아저씨에게 혼자 전국일주를 하고 있다고 말씀드리니 흔쾌히 자리를 마련해 주셨다.

"그럼 그냥 자고 다음에 사람 많이 데리고 놀러와. 대신 샤워는 못해."

"샤워장 문이 열려 있던데요?"

"그럴 리가 없는데? 문이 열려있다고?"

옆에 있던 아주머니가 말했다.

"그 양반이 문단속을 잘 안했나 보네."

"그럼 2천 원만 내고 샤워하고 자."

감사하다는 인사를 드리고 적절한 장소에 텐트를 치고 샤워를 하러 갔다. 불을 켜고 발가벗고 샤워를 하고 있는데 한 아주머니가 인기척도 없이 들어왔다.

"뭐 하는 사람이래요?"

샤워장에 들어와 대뜸 물어보셔서 당황스러웠다.

"자전거 타는 학생이래요? 나올 때 불 끄고 나와요."

준비를 마치고 자리에 누우니 11시가 되었다. 오래 달렸다. 무슨 일이 일어날지 알 수 없는 자전거 일주라 참 매력적이다. 급하게 수리한 바퀴도 바람이 전혀 빠지지 않았다. 내일도 잘 버텨줘야 할 텐데.

기다렸던 짧은 만남

다음 날 동해까지 가볼 생각이었다. 단양에서 중학교 때 친구들과 합기도 선무관을 다녔다. 고등학교 2학년까지 다녔는데 아버지의 돌봄이 부족했던 나에게 관장님은 아버지 같았다. 군대를 가고 휴가 나와서 도장을 찾았는데 관장님 대신 합기도를 같이 다녔던 형이 관장님으로 있었다.

"형! 관장님 어디 가셨어요?"

"고향으로 가셨어. 동해로."

제대하고 그해 말에 관장님께 전화를 걸었다.

"관장님, 잘 지내셨어요? 잘 지내시나 안부전화 드렸어요."

"어, 광수구나. 고맙다. 다른 애들도 잘 지내지? 다음에 한번 동해에 놀러와."

짧은 통화를 끝으로 동해는 가지 못했다. 관장님에게 다시 전화하려고 보니까 휴대폰을 바꿀 때 전화번호를 옮기지 않아 번호가 없었다. 동해에 관장님이 운영하는 합기도 도장을 찾으려고 단양에 있던 합기도 도장으로 전화를 걸었다. '이 번호는 없는 번호입니다. 다시 확인하시고…' 114에 전화를 했다.

"동해 합기도 전화번호 전부 알려주세요."

받은 번호는 7개. 연락처를 받은 순서 대로 전화를 했다. 첫 번째 미수신. 두 번째 미수신. 세 번째 연결.

"혹시 이상길 관장님 도장인가요?"

"거기는 학교 근처에 있는 도장이에요."

"혹시 번호를 알 수 있을까요?"

불러주는 번호를 받아 적었는데 일곱 번째 번호와 같았다. 곧바로 전화를 걸었지만 받지 않았다. 휴대폰으로 선무 합기도를 찾았더니 관장님 도장의 전화번호가 맞았다. 얼른 위치를 확인하고 캡처해두었다.

나곡리를 달리다 혼자 자전거 타는 분을 만났다. 속도를 내서 뒤따라가 인사를 했다. 어디서 왔냐는 질문부터 사람들이 나를 만나면 으레 해왔던 질문이 돌아왔고 나는 열심히 대답했다.

"어이구. 살림 잘하시겠네. 저도 서늘할 때쯤 전국일주 시작하려고요. 지금 연습 중이에요."

한번 연습할 때 왕복 80킬로미터는 탄다고 했다. 아저씨가 말했다.

"제가 사진 찍기 좋은 곳 알려드릴게요. 신항만 건설로 없어질 뻔했다가 외국 사진작가들의 항의에 주민들이 동조해서 남겨진 소나무가 있는데 같이 가보시겠어요?"

아무래도 좋았다.

"각도를 잘 맞춰서 찍으면 바다 위에 떠 있는 것처럼 보여요."

고포항 방향으로 내려갔다.

"여기가 경북과 강원의 경계예요. 고포를 지나면 이제 강원도로 들어가는 거예요. 브레이크 잘되죠?"

고포항으로 가는 길은 앞으로 고꾸라질 것 같은 내리막인 데다가 구불구불했다. 내리막을 다 내려가니 바로 앞에 식수대가 있어 물을 마셨다. 아저씨가 가방에서 주섬주섬 캔 맥주를 꺼냈다.

"울릉도 가서 드세요. 미지근하겠지만."

고포를 지나 소나무가 있는 곳으로 가서 사진을 찍었다. 함께 더 달리다가 내리막이 시작되는 길에서 멈췄다.

"저는 내려가다가 갈림길에서 갈라져 내려갈 거예요. 저와 다른 갈림길로 가시면 돼요. 여기서 인사해요."

만나서 반가웠다는 악수를 하고 내려갔다.

정신을 차려보니 강원도였다. 강원도는 산이 높고 길도 구불구불했다. 구불구불한 건 딱 질색이다. 경사가 있고 구불구불한 길을 달리노라면 곧게 뻗은 7번 도로가 그립기도 했다. 공양 왕릉으로 들어가는 길에서 7번 도로로 갈까 고민했다. 이런 갈림길이 나올 때마다 늘 같은 선택을 했지만 항상 고민되는 것도 참 이상했다. 역시 나에게 7번 도로는 별로다. 공양 왕릉을 지나 동막리, 부남리를 지났다. 차가 없는 한산한 도로였고 곳곳에 군부대가 많이 있었다. 산길을 가는데 미소가 절로 났다. 처음으로 보는 약수터. 약수는 차갑고 달았다. 쏟아지는 약수를 벌컥벌컥 마셨다. '끝내준다. 끝내줘.' 이렇게 좋은 물이 콸콸 쏟아지니 아까운 마음까지 들었다. 역시 곧게 뻗은 도로로는 가면 안 된다.

맹방 해수욕장에 인접한 차도는 차가 없고 한적한데 무척 넓었다. 자전거를 탄 한 아주머니가 내 앞을 가로질러 지나갔다. 아주머니는 도로가 전부 자기 것이라는 듯 넓은 도로의 중앙으로 막 달렸다. 같이 달리고 싶었지만 아주머니 속도가 은근히 빨랐다. 무엇보다 나는 차 없이 넓은 도로에서의 주행을 빨리 끝내고 싶지 않았다. 천천히 달리며 멀어지는 뒷모습을 보니 점점 작아지는 아주머니 모습도 참 귀여웠다.

맹방 해변로를 지나 한치밑 해수욕장에서 잠시 길을 헤맸다. 7번 도로 밑으로 작은 터널이 하나 있었고 터널을 통과하니 오르막이 나

타났다. 오르막길은 7번 도로와 평행으로 나란히 있었는데 7번 도
로에 있던 터널 위로 올라가는 길이었다. 터널을 넘어 그 길로 달려
삼척을 지나 동해로 들어왔다.

관장님 도장은 효자동에 위치한 북평고교 바로 옆이었다. 드디어
관장님을 만날 수 있다는 생각에 기분이 좋았다. 〈TV는 사랑을 싣
고〉를 찍는 것 같기도 했다. 도장은 쉽게 찾을 수 있었다. 도착해서
도 전화는 계속 연결이 되지 않았다. 합기도는 2층이었고 학원차도
주차되어 있었다. 관장님은 학원차를 자차로 쓰시기 때문에 왠지
관장님이 도장에 계실 것만 같았다.

2층으로 올라갔다. 문이 열려 있었다. 신발도 있었는데 불은 꺼
져 있었다. 조심스레 들어갔다. 5년 만에 보는 반가운 관장님은 바
닥에서 주무시고 계셨다. 어떤 분과 함께였다. 그 자리에서 한참을
고민했다. '어쩌지? 어쩌지?' 10여 분 동안 고민하다가 모르는 척 인
기척을 내기로 했다. 다시 밖으로 나가 문을 살짝 열고 외쳤다.

"계세요?"

"예."

관장님이 눈을 비비며 일어났다.

"관장님!"

나를 뚫어져라 보시더니 그제야 입을 여셨다.

"광수니?"

알아봐주서서 놀랍기도 하고 감사하기도 했다.

"네! 잘 지내셨어요?"

"너 어떻게 왔니?"

어리둥절해 하시며 물었다. 그동안 있었던 이야기를 했다.

"대단하다! 잠깐 기다려 안에 손님이 있어서."

1층에는 편의점이 있었다.

"시원한 거라도 마셔."

우유와 빵을 사주셨고 편의점 안에 있는 테이블에 앉아서 이야기를 했다. 그동안 살아왔던 이야기를 나누고 같이 합기도를 다녔던 친구들에 대해서도 안부를 물어보셨다. 내가 말했다.

"저녁이라도 같이 먹어야 되는데."

"오늘은 선약이 있어. 미리 연락을 했어야지 이놈아!"

"네. 어쩔 수 없죠. 울릉도 다녀올 생각인데 다녀와서 시간 되시면 저녁이라도 먹어요! 2일이나 3일 뒤에요."

"울릉도에서 돌아오는 배 탈 때 전화해."

저녁 사먹으라고 만 원을 건네주셨다.

"아니에요. 괜찮아요!"

괜히 뭘 얻으러 온 것 같아서 극구 사양했지만 단호하셨다.

"받어!"

아낌없이 챙겨주셨던 아버지 같은 분인데 이렇게 또 신세를 졌다.

군사지역 주의!

한섬 해수욕장을 찾아 적절한 곳에 텐트를 쳤다. 샤워장은 유료였는데 영업시간이 지났지만 문이 열려 있었다. 그냥 써도 되는 건지 알 수 없었다. 샤워장에 전등은 없었다. 가지고 있던 자전거 라이트를 배낭에서 꺼냈다. 라이트로 샤워장 안을 비추니 대야 바구니에 물이 담겨 있었다. 옷을 벗어 바구니에 넣고 거품을 냈다.

　샤워를 하려고 수도꼭지를 틀었다. '쪼르륵' 이럴 수가!! 수도가 끊어져 있었다. 너무 당황스러워 거품이 묻은 빨래를 보며 멍하니 서 있었다. 어쩌지… 수건으로 묶어서 설치해 놓은 라이트도 갑자기 바닥으로 떨어져 암흑 상태가 되었다. 떨어지면서 탈락된 건전지를 손으로 더듬으면서 찾았다. 걸칠 옷도 없었다.

영업을 하고 있지도 않고 사람도 없어서 수건으로 중요한 부위만
가리고 여자 샤워장으로 갔다. 여자 샤워장 양동이에 물이 반 정도
담겨 있었다. '휴… 이 물을 다 쓰면 진짜 물이 없는 거다.' 아껴가며
거품 묻은 옷을 씻었다. 최소한의 물로 최대의 효율을 보자는 마음
이었다. 그렇게 빨래를 하니 물이 조금 남았다. 남은 물로 거품을 내
서 몸을 씻고 수건을 물에 적셔 몸을 닦아냈다. 아껴 쓰면 안 될 것
이 없었다. 오늘도 무사히 하루를 마무리했다.

텐트에 누워 일기를 쓰고 있는데 낯선 사람의 목소리가 들려왔다.

"저기요."

총을 메고 있는 군인이었다.

"네?"

웬 군인이지?

"여기는 군사지역입니다. 10시에 문을 닫아야 합니다."

어떤 흥정도 할 수가 없었다.

"금방 정리하고 나갈게요."

큰일이다. 해수욕장을 빠져나왔는데 더 갈 데가 없었다. 공간이

● 화살표 표시한 곳에서 겨우 샤워를 하고
　주차장에 텐트를 쳤다.

라고는 콘크리트 주차장뿐이어서 그 자리에 텐트를 쳤다. 해수욕장으로 가는 다리 밑으로 물이 흐르고 있었는데 어디서 흘러온 것인지 물 비린내가 났다. 잠자기는 글렀다.

　다음 날이 됐다. 제대로 잠을 설쳤다. 밤새 차가 드문드문 들어오는 바람에 번쩍이는 전조등에 졸다가 깨다를 반복했다. 새벽에는 비도 조금씩 떨어졌다. 나를 위협하는 차와 물 비린내, 내리는 비에 시달리며 밝아지는 아침을 맞이했다. 아침 일출이 그나마 위안이 되었다. 일출을 보러 사람들이 하나둘 모여들기 시작할 때쯤, 마르지도 않은 옷을 갈아입고 묵호항으로 갔다.

　묵호항에 이용객은 없었다. 할 일 없이 의자에 누워서 기다리다가 시간이 되어서 표를 샀다. 울릉도에서 이틀 뒤 돌아오는 배도 예약했다. 독도 가는 배도 같이 예약하려고 했지만, 울릉도에서 다시 발권해야 한다고 했다.

　무료하게 시간을 보내고 있는데 주차장에 관광버스가 들어왔다. 주말도 아닌데 이렇게나 많은 사람들이 울릉도로 관광을 간다는 것도 새삼 알게 되었다.

시간이 되어 배에 타고 자리에 앉아 피곤함에 잠이 들었다. 일어나니 울릉도에 접안하려는 참이었다. 잠을 얼마나 깊게 잤는지 눈 뜨니 세 시간 반이 훌쩍 지나 있었다.

제주도와 비슷할 것이라고 생각했던 울릉도는 생각과는 전혀 달랐다. 마치 미지의 보물섬 같았다. 뾰족하게 우뚝 솟아 있는 돌덩이 같은 섬. 절반이 구름과 안개로 덮여 있었다. 사람들의 얼굴에 미소가 묻어났다. 나도 그랬다.

도착했던 항구는 도동항이었다. 울릉도에는 도동항 외에 다른 여러 항구가 있었는데 독도 가는 배를 타려면 사동항으로 가야 했다. 도동항을 기준으로 왼쪽에 사동항, 오른쪽에 저동항이 있었다. 울릉도의 도로는 전체적으로 평지였지만 사동항과 저동항을 가려면 큰 언덕을 넘어야 했다.

사동항에 도착해 독도 가는 표를 끊고 대합실에서 기다렸다. 사동항은 독도를 가려는 사람들로 붐볐는데 학교에서 단체로 온 학생들도 있었고, 관광을 온 아주머니, 아저씨도 많이 보였다.

안내방송이 나왔다. '오늘 기상 악화로 독도 가는 배는 모두 결항되었습니다. 환불하시고 내일 다시 오세요.' 곳곳에서 사람들이 항의를 했다. '항해 여부는 저희가 결정하는 게 아닙니다. 배를 띄우지 말라는 지시가 내려오면 저희는 그냥 그렇게 해야 합니다.'

어쩔 수 없이 환불하고 다음 날에 떠나는 배를 예약했다.

내 고향, 단양 사람을 만나다

내가 울릉도에 갔을 때는 일주도로가 없었다. 울릉도를 한 바퀴 돌려면 섬목에서 배를 타고 저동항으로 가야 했다. 독도를 가려면 늦어도 다음 날 한 시까지는 사동항으로 와야 했다. 고민을 하다가 도로를 더 자세히 알아보고 싶어서 나이대가 비슷해 보이는 한 매표원에게 물었다. 본인도 자전거 전국일주에 로망이 있다며 궁금한 건 뭐든 물어보라고 친절하게 대해줬다. 저녁 늦게라도 상관없다며 개인 전화번호를 알려주기도 했다.

"내수전에 가면 다리 밑에 텐트 칠 수 있는 근사한 곳이 있어요. 그곳 근처에서 자려면 꼭 거기로 가세요."

"섬목까지 갔다가 자전거로 사동항에 다시 돌아오는 건 힘들까요?"

"그렇게 추천하고 싶지는 않아요. 보통은 길이 평평한데 가끔 높은 언덕이 있거든요. 대부분 돌아오다가 포기하더라구요."

"섬목까지 한번 가보고 결정해야겠네요."

울릉도에는 일차선 터널이 많다. 불이 켜지면 지나갈 수 있고 반대편은 그동안 기다리는 방식이다. 우뚝 솟은, 돌덩이로 된 섬이라 2차선을 확보하기 어려워 생겼으리라.

울릉도에는 다양한 색이 존재했다. 한국에 이렇게 새로운 곳이 있었다니 감탄이 절로 나왔다. 달리는 내내 지루할 틈이 없었다. 태하로 가는 길에 한 바퀴 원을 그리며 올라가는 길이 있었는데 거기서 바라본 풍경은 정말 일품이었다.

자전거를 멈추고 바다를 한참 바라보고 있는데 관광차가 내 뒤로 조심스럽게 다가왔다. 나한테 무슨 볼일이라도 있는 줄 알고 운전기사를 계속 쳐다봤는데 관광객들에게 풍경을 보여주기 위해 멈춘 것이었다.

삼막 터널을 지나 오르막을 오르고 태하로 내려갔다. 내리막을 지나 다시 오르막. 힘들어서 자전거를 끌고 올라가려고 내렸다. 길목에 낮일하다가 모여 앉아 휴식을 취하고 있는 아저씨들이 빵과 우유를 먹고 있었다. 제발 나를 불러주길! 불러주길! 간절히 바라며 천천히 지나가는데 마침 한 아저씨가 나를 불러세웠다.

"학생. 이리 와. 빵 좀 먹어."

"네? 아. 네!"

못이기는 척 자전거를 세워놓고 갔다. 빵과 음료를 건네주셨다.

"고맙습니다!"

한 아저씨가 물어왔다.

"어디서 왔어? 동해에서 왔어?"

"에이, 서울이나 경기에서 왔겠제."

"네. 맞아요. 서울에서 왔어요."

"요즘 사람들은 그런다니까."

"지난번에는 경기도에서 온 사람이 있었는데, 총 800킬로미터를 탔다고 하더라구. 하루에 130킬로미터까지 주행을 해봤다고 하던데."

"하루에 130킬로미터면 정말 대단하네요."

"학생도 화이팅 해!"

아저씨들이 해주는 응원에 또 힘이 났다.

시작되는 오르막길은 난코스였다. 남해에서는 짧은 급경사였고, 거제도에서는 긴 완만한 경사도로였는데, 여기는 긴 급경사였다. 매표원 청년이 했던 말이 이제서야 이해가 됐다. 내려가는 길은 가속도가 심하게 붙어서 브레이크를 꽉 잡아야 했다. 내리막을 달리는 버스도 천천히 안전운행을 해서 달리는 버스를 내가 앞질렀다.

현포항을 지나 섬목으로 갔다. 가는 길에 장군수라는 약수가 있었다. 부남리에서 맛보던 약수 이후 두 번째. 물을 벌컥벌컥 들이켰다.

섬목에 도착했다. 섬목은 생긴 모양이 섬의 목과 같다고 해서 지어진 이름이었다. 배가 정박하기에 좋은 항구라서 선창포라고 불린다고도 했다. 저동항으로 가는 배는 기상 악화로 운영하지 않았다.

바로 옆에 관음도가 있어 올라갔다. 관음도는 울릉도와는 또 다른 느낌이었다. 지금은 관음도로 갈 수 있는 징검다리가 있지만 예전에는 배로 이동했다고 한다. 작은 섬이지만 그 속에 다양함이 있었다. 나무가 우거진 숲, 갈대밭, 오솔길 등. 거기에 부는 바람에 흔들리는 나뭇잎이 풍성함을 더했다.

● 관음도에서 바라본 바다

오늘은 천부항에서 머물 작정이었다. 관음도를 나와 왔던 길로 되돌아갔다. 천부항에는 야외 수영장이 있었고 샤워장이 있기는 했지만 샤워기는 고장 나 있었다. 옆에 작은 공중화장실이 있어 가보니 어떤 아저씨가 발가벗고 세면대에서 나오는 물로 샤워를 하고 있었다. 이런 사람이 나 말고 또 있었네….

아저씨는 흰 수염이 덥수룩한 데다 머리는 반백이었다. 머리칼이 조금 길어 고무줄로 뒷머리를 묶고 있었다. 인사를 했다.

"안녕하세요."

들리지 않았는지 못 들은 척하는 건지 대답이 없었다. 나도 여기서 씻기로 했다.

식당에서 식사를 하고 텐트를 칠 장소를 물색했다. 바람이 너무 셌다. 바람을 막을 수 있는 공간을 찾기가 어려웠다. 이리저리 둘러보다가 바람이 많이 불지 않는 곳에 아저씨 한 무리가 모여서 한잔하고 있기에 그쪽으로 발걸음을 옮겼다. 가지고 온 캠핑 도구로 안주를 직접 만들어 소주를 한잔하는 모양이었다. 화장실에서 봤던 아저씨가 거기 있었다. 아저씨 한 분이 말을 걸어왔다.

● 관음도에서 천부항 가는 길

"이리 와. 여기가 바람이 덜해. 여기다 텐트 쳐."

근처에 텐트를 펴고 가방을 던져 넣고 큰 돌멩이로 고정시켰다.

아저씨 무리는 총 네 명이었는데 세 명은 일행이었고 한 명은 혼자 왔다가 일찍 합석한 듯했다.

"밥은 먹었니?"

"네. 방금 먹고 왔어요!"

"여기서 먹지 그랬어, 돈 아깝게."

여행을 하다 보면 다른 여행객을 만나게 되고 그 순간만큼은 친구가 된다. 놀랍게도 일행 중 두 명은 제천 사람이었고, 한 명은 단양 사람이었다. 단양 아저씨가 말했다.

"나 방금 소름 돋았다."

이런 인연이 생길 줄은 나도 몰랐다.

술을 마시며 자전거일주에 대해 이런저런 이야기를 나눴다. 여행을 떠난 이유와 지금까지 있었던 일들. 그리고 아저씨들은 모두 나의 형님이 되었다. 가장 큰 형님이 화장실에서 씻던 분이었는데 한 시간도 넘는 거리를 매일 자전거로 출퇴근할 정도로 자전거 마니아였다.

"네 자전거 한번 타봐도 되겠니?"

내 자전거를 한참 타고 오더니 형님이 입을 쩍 벌렸다.

"진짜 대단하다, 너."

"용기만 있으면 다들 할 수 있는 건데요, 뭐."

"그 용기가 대단한 거야. 그리고 그걸 실천에 옮겼다는 것도. 자전거만 좋은 거 타면 뭐하니. 써먹질 못하는데."

한참 이야기를 하다가 소주가 다 떨어졌다. 한 형님이 나에게 지갑을 주며 술을 사오라고 했다.

"슈퍼가 어디 있는지 잘 모르는데, 한번 찾아볼게요."

"그럼 나랑 같이 가자."

"처음 본 사람한테 지갑을 맡길 수 있다니, 잘 안 믿겨져요."

"여행하는 사람들은 마음도 몸도 다 건강한 사람들이니까 믿는 거지."

너무 많이 마셨다. 술에 취해 비틀거리며 공중화장실에서 손으로 물을 받아 샤워를 했다. 자다가 텐트랑 같이 바람에 날아가지만 않으면 좋겠다 싶었다.

독도를 볼줄이야

"일어나!"

다음 날 형님들이 흔드는 바람에 깼다. 독도 가는 배를 타야 해서 어제 자면서도 일어나지 못하면 어쩌나 걱정을 했는데 다행히 형님들이 깨워줬다. 졸린 눈을 비비며 일어나 보니 큰 형님이 맥주를 사왔다. '저걸 또 마시자는 건가?' 다들 맥주캔을 따서 아무렇지 않게 건배를 하는 바람에 얼떨결에 나도 건배를 했다. 맥주를 한 캔씩 마시고 서둘러 짐을 챙겼다. 어제는 짐을 풀어놔서 몰랐는데 형님들은 키만 한 배낭을 메고 도보 여행 중이었다. 챙겨줘서 고맙다는 인사를 드리고 자전거를 탔다.

숙취가 채 가시지 않았는데 2시까지 사동항에 가야 했다. 날씨가

더워서 아침부터 맥주에 취하는 기분이었다. 태하에서 바로 언덕을 넘어가지 않고 태하항 쪽으로 내려왔다. 항구에 내려와서는 덥고 취하고 힘들고 지쳐서 그늘진 시멘트 바닥에 잠시 누웠는데 잠이 들었다. 시간도 없는데 잠이 들다니. 놀라서 깼다. 서둘러 출발했다. 오르막에서 자전거를 끌고 올라가는데 버스가 한 대 지나갔다.

"파이팅!"

버스에서 소리가 들려 쳐다봤더니 어제 같이 술을 마셨던 형님이었다.

"안녕히 가세요!"

큰 소리로 손을 흔들며 대답했다. 오르막길과 내리막길, 평지를 달려 사동항에 도착하니 1시였다. 대합실 기둥 바닥에 앉아 독도 가는 배를 기다리고 있는데 승선하라는 안내 방송이 나왔다. 목이 너무 말라 배에 있는 정수기 물을 벌컥벌컥 마시고 의자에 앉자마자 잠이 들었다.

독도에 왔다는 안내 방송에 잠에서 깼다. 독도 관람의 원칙은 배가 독도 주변을 돌고 돌아가는 것인데 파도가 낮으면 이따금씩 접안한다고도 했다. 우린 파도가 높아 독도 주변을 천천히 두 바퀴 돌았다. 사람들은 모두 밖으로 나와 사진을 찍었다. 나는 독도가 보일 때부터 독도가 시야에서 멀어질 때까지 배 밖에 나와 있었다. 성산일출봉에서도 그랬던 것처럼, 나는 독도를 오래오래 보고 싶었다. 혼

자 서 있으니 주변에서 계속 사진을 찍어달라고 부탁했다. 마치 사진작가가 된 것 같았다.

사동항으로 돌아오니 늦은 저녁이었다. 사동까지는 어스름했는데 도동에 도착하니 밤이 어두워졌다. 도동에서 식사를 했다. 울릉도의 밤은 오가는 차들이 없어 조용했다. 밤길을 따라 내수전 해수욕장까지 달렸다. 바다 멀리로 오징어 배가 환하게 불을 밝히고 있었다. 밤이라 내수전 해수욕장이 어디 있는지 정확히 찾기가 어려웠다. 길을 찾고 있는데 형님들에게 전화가 왔다.

"어디니?"

"지금 내수전 해수욕장에 왔어요."

"거기 갔구나. 우리는 지금 남양에 있어. 이쪽으로 와."

"지금 너무 어둡고 멀어서 가려면 한참 걸려요. 오늘은 여기서 자야 할 것 같아요."

"그럼 택시 타고 와."

"자전거도 있어서 두고 가기가 좀 그래요."

사실 택시비가 얼마나 나올지 몰랐고 금액도 부담이 되었다.

"그래, 그럼. 잘 자리는 잡았니?"

"지금 찾고 있어요."

"잠자리 찾으면 연락해."

하루만에 동생처럼 챙겨주는 형님들이 생겼다. 남해에서 지루함에 이 일주를 그만했더라면 울릉도, 독도에 오지도 못했을 것이고, 형님들도 만나지 못했겠지.

　나는 자전거일주의 후반부로 오면서 또 다른 감정을 느꼈다. 그 것은 중학교 1학년과 3학년, 대학교 1학년과 4학년의 단순히 짬에 서 느껴지는 안정감과는 사뭇 달랐다. 자전거일주 초반에는 달려나 가는 근육이 생기고 야영 노하우가 생기면서 적응하는 단계, 즉 신 체의 리듬이 익숙해지는 과정을 지나는 단계였고, 그 단계를 지나 자연을 바라보고 풍경을 즐기는 단계도 지났다. 산악인이 힘들지 않게 정상에 오르는 단계를 지나 정상에서 주변을 바라보면서 그 풍 경을 즐기는 단계도 지났다고 말할 수 있을 것 같다. 이제 내일은 누 구와 만날지, 누구와 만나서 어떤 에피소드가 생길지 궁금하고 그걸 통해서 상대방의 어떤 마음을 배우는지에 대해 흥미가 생겼다. 산 악인이 산을 오르면서 정상과 자연을 즐기는 것말고 누구를 만나고 누구와 어떤 이야기를 할까 기대감을 가지는 단계라고 말할 수 있을 것 같다.

　단양에서는 매년 소백산 철쭉제를 한다. 산악인 엄홍길 씨가 축 제에 참여해 소백산을 오르면서 주민들과 대화하는 시간이 있었던 기억이 난다. 엄홍길 씨는 아마도 산을 오르는 기술이나 자연이 주 는 경이로움에 대한 즐거움을 넘어 산을 오르며 사람들과 소통하며 그 이야기속에서 가르침과 배움이 주는 상황을 즐기는 것이 아니었을까. 나도 이 당시에는 비슷한 마음이었다. 내가 오늘 몇 킬로미터를 달렸고 얼마를 썼고 하는 마음보다, 또 자연을 바라보며 경이로움을 느끼는 마음보다 나를 진심으로 챙겨주고 생각해주는 사람이 생겨서 감사하다는 마음을 더 크게 느끼고 있었다.

내 인생의 초반부, 중반부, 후반부는 어디일까. 내 성장의 근육은 언제까지 키워질까. 지금의 상황과 불안을 이겨내고 완전히 자유로워진다면 나는 다른 사람보다 얼마나 더 단단한 사람이 되고, 깊은 내면을 가진 사람이 될 수 있을까 기대감이 생겼다. 다른 사람들보다 더 바닥에 있었으니 올라갈수록 더 높게 쌓을 수 있을 것이고, 그게 나의 내면이 되었을 때 누군가와 만나서 이야기를 주고받을 때, 가르침을 받거나 줄 때, 어떤 에피소드가 일어날지 기대가 되었다.

마침 사동항에서 만났던 청년이 생각나서 전화를 걸었다.

"어제 사동항에서 만났던 사람인데요, 기억하세요?"

"네. 기억하죠."

"제가 지금 내수전 해수욕장 근처에 와있는 것 같은데 길을 못 찾겠어요."

"거기 정류장에서 조금 더 가시면 밑으로 내려가는 길이 있을 거예요. 내려가 보면 천(川)이 있고 다리가 있는데 다리 밑으로 내려가는 계단이 있을 거예요. 거기로 가보세요."

가보니 말한 대로 텐트를 칠 수 있는 좋은 장소가 있었다. 화장실이 하나 있었는데 화장실 안에 샤워장으로 쓸 수 있도록 칸막이가 되어 있었다. 수압이 약해서 물이 졸졸 나왔다. 샤워와 빨래를 하고 텐트로 돌아왔다.

자기 전에 형님들에게 문자를 보냈다.

"저 잘 도착했어요. ^^ 편히 주무세요."

뜻밖의 결항, 슬리퍼 신고 등산

다음 날 바람이 불어 텐트가 펄럭이는 소리에 깼다. 하늘은 흐렸고 바다를 보니 파도가 높았다. 서둘러 일어나서 도동항으로 출발했다. 울릉도 도동항에서 동해 묵호항 가는 배가 1시에 예약되어 있었다. 저동항에서 도동으로 넘어가는 언덕길에서 휴대폰 진동이 울려 확인해 보니 문자 한 통이 와 있었다.

'기상 악화로 인해 도동항의 모든 배가 결항되었습니다.'

"뭐야!!"
파도가 높아 결항된 것이다. 의도치 않게 울릉도에서 하루가 더 생겼다. 더 이상 자전거로 달릴 곳도 없는데 등산을 해볼까.

도동에 도착해 식당에서 순대국밥을 주문하고 아주머니에게 물었다.

"여기 산에 올라가는 게 힘드나요?"

"괜찮지. 그리 높지는 않아."

"슬리퍼 신고는 어때요?"

"에이. 슬리퍼 신고는 절대 못 가. 가지 마."

슬리퍼로는 안 된다는 말에도 나는 올라갈 마음의 준비를 하고 있었다. 그래도 너덜너덜해진 슬리퍼로는 어려울 것 같아 편의점에서 새 슬리퍼를 구입했다. 발을 꽉 조이는 착용감이 좋았다.

출항시간에 맞춰 혹시나 하는 마음에 여객터미널에 가봤다. 역시나 사람은 없었다. 터미널 대합실에 콘센트가 있어서 휴대폰 배터리를 충전하며 창밖의 사람들을 구경했다. 큼직한 배낭을 멘 형님들 세 분이 지나갔다. 반가워서 인사하러 내려갔다.

"형님 문자 받으셨어요?"

"어. 광수. 받았지."

"오늘 어떻게 하시려구요?"

"방을 잡아야지. 너는 어떻게 하려고 하니?"

"시간이 남아서 산에 올라갔다 오려고요."

"그래? 네 시간 정도면 갔다올 수 있을 거다. 아직 여유가 있네. 산에 올라갔다 오면 연락해!"

얼떨결에 올라갔다 오라는 말에 "네"라고 대답하고 산으로 발길을 옮겼다. 흐린 날씨에 비도 몇 방울 떨어졌다.

등산하던 중에 다른 코스에서 합쳐지는 갈래 길에서 두 사람을 만났다. 포항에 사는 서른 중반에 직장 동료이자 친구라고 했다. 이분들도 출항 금지에 산에 오르게 되었다고 했다. 얼떨결에 두 누님과 일행이 되어 같이 산길을 올랐다.

정상으로 가는 능선에 오르기 전에 잠시 쉬었다 갈 수 있는 정자가 있었다. 정자까지는 슬리퍼가 젖지도 않고 양말도 멀쩡했다. 문제는 능선을 따라 정상으로 가는 길이었다. 같이 산을 오르던 누님들은 바닥이 질어서 점점 뒤쳐졌다. 하산을 하던 아저씨가 나를 보며 말했다.

"학생, 슬리퍼로는 정상까지 못 가. 얼른 내려가."

"많이 질어요?"

"못 간다니까. 어서 내려가."

여기까지 왔는데 정상을 보지 않고 내려간다니. 마음이 허락하지 않았다. 손짓을 하며 내려가라고 재촉하는 아저씨를 보고 가만히 있다가 다시 올라갔다. 정상으로 가는 능선은 바람이 많이 불었고 안개도 자욱했다. '우두둑' 바람에 흔들리는 나무에서 떨어지는 이슬을 맞는데 마치 비가 오는 것 같았다. 슬리퍼 신은 발은 만신창이가 되었다. 슬리퍼가 신발로서의 기능을 전혀 하지 못했다. 맨발로 진흙길을 가는 꼴이었다.

정상에 올랐다. 정상에서 30분을 앉아 있었다. 올라오는 사람마다 사진을 찍어달라고 부탁해 여기서 또 사진작가가 되었다. 뒤처졌던 누님들도 정상에 올라왔다.

"올라왔네요!"

진흙길의 하산은 등산보다 어려웠고, 위험했다. 발이 진흙에 빠져서 슬리퍼랑 발목까지 전부 진흙덩어리가 되었다. 미끄러운 진흙에 슬리퍼가 발바닥에서 미끄러져 자꾸 발목으로 올라갔다. 그러면 또 발에 진흙이 묻고 슬리퍼는 또 미끄러져 올라갔다. 차라리 맨발로 내려가는 게 더 나았을 것 같은 마음까지 들었다. 나는 슬리퍼가 미끄러지지 않게 발바닥에 힘을 꽉 주었다. 내 속도가 더뎌지자 그분들이 길잡이가 되어 주었다. '쿵' 둘 중에 한 명이 엉덩방아를 찧었다. 우리는 서로를 보며 웃었다. 엉덩이에 진흙이 묻어 꼴이 우스웠다. 결국엔 우리 셋 다 한 번씩 미끄러지면서 엉덩방아를 찧었다. 넘어질 때마다 서로 웃어댔다.

● 울릉도 성인봉

거의 다 내려와서 보니 발에 달라붙었던 진흙이 말랐다. 내려오는 길에 있던 사찰에서 발을 씻었는데 너무 단단히 굳어서 잘 씻겨지지 않았다.

"괜찮으면 우리 방에서 씻고 가요."

"정말요?"

"네. 물 쓰는 데 돈 드는 거 아니니까 샤워하고 가도 돼요."

누님들의 배려로 숙소에서 샤워를 하는 신세를 지게 되었다.

"이리 와요. 막걸리 한잔해요."

이렇게 맛있는 막걸리 한 잔이 있을 수가. 바닥에 앉아서 대화를 나누며 같이 TV를 봤다. 문득 형님들 생각이 나서 전화를 걸었다.

"어, 광수. 이쪽으로 와"

누님들과의 인연도 소중했지만 형님들 쪽으로 가는 게 마음이 편했다. 감사하다는 인사를 드리고 나왔다. 형님들이 있는 민박으로 찾아가니 식사를 챙겨줬다.

"이리 와. 저녁 안 먹었지? 이거 먹어."

찌개와 밥과 김치. 너무 맛있었다. 그때 밖에 비가 쏟아져 내렸다.

형님들이 민박에 불러주지 않았다면 나는 어떤 고생을 하고 있었을까.

나는 운이 좋은 놈이었다.

또 과음을 하고 뻗어 잠들었다.

입장 차이

밤새 비가 내렸다. 아침에 일어나 형님들이 끓여준 라면에 밥을 먹고 나니 민박집 주인아주머니가 들어왔다.

"아니. 10시까진데 왜 안 가는 거야? 이제 손님 올 때 다 됐는데 빨리 나가야지. 그리고 애는 어디서 한 명 더 생겼나. 처음에 세 명으로 돈 받은 건데."

오자마자 소리를 고래고래 질렀다. 나 때문에 형님이 말씨름을 하다가 1인 추가 비용 만 원을 더 냈다. 괜히 미안해서 만 원을 드렸다.

"형님. 여기요."

"됐어. 광수야."

괜히 짐이 되는 것 같았다. 한바탕 소란을 벌인 후 짐을 챙겨 나왔다.

형님들은 강릉 가는 배를 타러 저동항으로 갔고, 나는 묵호항으로 가야 해서 도동항 여객터미널로 갔다. 여객터미널은 어제 떠나지 못한 사람과 오늘 떠나려는 사람들로 북적였다. 어제 만났던 누님들도 보였다. 포항행 배가 울릉도에 오다가 기상 악화로 돌아갔다는 소식이 전해지자 전화가 울렸다.

"저기요. 어제 만났던 사람인데요."

누님들이었다.

"혹시 묵호 가는 배표 파실 수 있나요? 친구가 내일 출근을 해야 하는데 오늘 못 가면 회사에서 잘릴 것 같아서요. 원래 가격에 5만 원 더 드릴게요. 방도 잡아드리고요."

"생각 좀 해볼게요."

일정상 여유가 있었더라면 흔쾌히 수락할 수 있는 제안이었지만, 기상 악화가 얼마나 더 지속될지 몰랐다. 오늘 떠날 수 있다고 내일도 떠날 수 있는 건 아니었다. 내게도 남은 시간이 9일밖에 없었다.

"죄송하지만 안될 것 같습니다."

거절을 해야 하는 상황에 마음 한편이 좋지 않았다. 어제 도움을 받았는데 도와줄 수 없다는 게 너무 아쉬웠다.

묵호행 배는 울릉도에 도착해 있었다. 울릉도에서 결항되면 오늘 출항이던 승객들은 내일로 일정이 미뤄지고 어제 예정되어 있던 승

● 울릉도를 떠나는 묵호항 배

객들이 오늘 배를 타는 방식이었다. 배에 무사히 타서 형님들께 문자를 드렸다.

"저 무사히 배 탔어요."

"우리는 오늘도 결항이다."

선택받은 것처럼 묵호행 배만 떠났다.

울릉도에서 출발할 때 전화하라는 관장님 말이 생각나 전화를 드렸지만 받지 않으셨다. 나에게는 아버지 같은 존재라 할지라도 관장님에게 나는 그 시절 운동을 가르쳤던 아이 중 하나일 수 있다. 연락이 다시 오지 않는다면 만나지 않는 것이 좋다고 생각했다. 살아가다 보면 만남에도 서로의 입장이 있다. 이성 간에 서로 자기만의 입장이 있어 협의점을 찾지 못하는 것을 '썸'이라고 부르기도 하니까.

자전거를 타면서 구 거제대교로 향하는 길에 있던 주유소에서 물을 부탁했을 당시, 물병들이 떡하니 쌓여 있는데 보란 듯이 없다고 한 이유는 영업에 필요한 자산이기 때문일 것이고, 갈증에 두통이 올 정도로 머리가 아파서 대금리 횟집에서 물을 부탁했을 때 물을 안 주신 건 일하시느라 바쁜 와중에 번거로워 그랬을 것이다. 구룡포 민박에서 2만 원에 자라고 선심 써주셨던 할머니도 계셨지만 그 제안을 거절했던 나에게는 2만 원이 너무 큰돈이라 더 저렴하게 평상에서 자려는 이유가 나름 존재했다. 울릉도에서 누님들에게 표를 팔면 웃돈을 얹어주고 숙소까지 잡아준다는 제안도 나에게 시간적인 여유가 없기에 거절할 수밖에 없었다.

관장님과의 만남도 마찬가지라는 생각이 들었다. 나는 하루를 달리지 못하더라도 관장님만 괜찮으면 만나서 저녁을 같이 먹고 싶었지만 관장님에게는 관장님만의, 들어보면 충분히 이해할 수 있는 입장이 있었을 것이라 생각했다.

묵호에 도착하니 비가 올 것만 같았다. 바퀴에 바람이 좀 빠진 것 같아 자전거 센터를 찾아갔다.

"계세요. 자전거 바람 좀 넣을게요."

"네. 거기 펌프 있어요."

두리번거리자 아저씨들이 밖으로 나와서 공기 주입을 도와주셨다.

"여행 중이신가 봐요?"

'어디서 오셨어요? 얼마나 걸리셨어요? 혼자 오셨어요?' 항상 빠지지 않는 질문이었다. 자전거 센터를 운영하는 사장님이 놀라워할 정도니, 어디 가서 자랑할 만한 일임은 분명하다. 시간도 늦었고 곧 비가 올 것만 같아 찜질방으로 들어갔다.

다음 날도 관장님의 전화는 없었다. 사실은 관장님 도장에 예고도 없이 찾아갔을 때 도장에 함께 있던 여자분을 봤다. 나는 일부러 모른척했다. 지금 생각해도 나의 방문이 적잖이 당황스러우셨을 것 같다. 평소 같았으면 반가움에 도장 안으로 얼른 들어오라고 하셨겠지만 상황이 여의치 않아 편의점으로 데려가신 것이다. 당시 용돈을 쥐어주시며 울릉도 다녀와서 보자고 했던 관장님의 마음만은 진심이었을 것이다.

그렇게 헤어지고 자전거를 타고 야영지를 찾다가 관장님 차를 우연히 보기도 했다. 옆에는 도장에서 봤던 여자분이 타고 있었다. 아마도 집에 데려다주는 것 같았다. 단양에서 5년이나 합기도를 다녔는데 연애하는 관장님을 본 게 그때가 처음이었다. 갑자기 나타난 나에게 쑥쓰러움과 당황스러움을 느끼셨던 건 아닐까. 그래서 연락을 받지 않은 건 아닐까. 모를 일이지만 나는 그렇게 생각하기로 했다.

저 전국일주 하고 있습니다!

오늘 목표는 속초. 날씨가 선선한 게 자전거 타기 딱 좋은 날씨였다. 비가 오기는 했지만 몇 방울 떨어지는 정도여서 오히려 더 좋았다.

동해에서부터 삼곡리까지 이어지는 평지. 묵호항과 어달 해수욕장, 대진 해수욕장, 망상 해수욕장, 도직 해수욕장, 옥계 해수욕장을 지났다. 달리고 달렸다. 삼곡리, 정동진 해수욕장을 지나 7번 도로로 다시 접어들었다. 강릉을 지나기 전까지는 7번 도로를 이용했다.

드디어 강릉. 경포대 해수욕장 쪽으로 나가고 싶었는데 도심 안이라 길을 한참 헤맸다. 경포도립공원부터 끝내주는 해안 도로가 펼쳐졌다. 동해 낭만가로(해맞이길)였는데 자전거 도로가 이어졌다. 사천 해수욕장, 하평 해수욕장, 연곡 해수욕장, 영진 해수욕장, 주문진 해수욕장을 지나 가시문 해수욕장에 도착. 물도 한 모금 마시지 않았는데 날씨가 습해서인지 갈증이 없었다. 자전거 타기에는 비가 올 것 같이 흐리고 습하면서 기온이 낮지 않은 날씨가 딱 좋다.

가시문 해수욕장에는 사람이 없었다. 흐린 날에는 해변에 사람이 없다. 해수욕장에 샤워장도 야영장도 없었다. 냄새 나는 공용화장실만 있었다.

머무를 자리와 씻을 곳을 확인한 후 기사식당으로 들어갔다.

"연예인이여? 요즘 연예인이 자주 와서 잘생긴 사람만 보면 다 연예인 같아."

"에이. 제가 무슨."

어릴 때 참 많이 듣던 말이었는데, 대학에 오고 나서는 오랜만에 들었다.

나름 중고등학교 시절에는 팬클럽이 있을 정도로 인기가 있었다. 중학교 3학년 때는 2학년 여학생들로 구성된 팬클럽이 있었는데, 점심시간에 운동장에서 축구를 하면 팬클럽 동생들이 창가에서 내가 축구하는 모습을 보고 환호를 해주곤 했다. 발렌타인데이나 빼빼로데이가 되면 책상 서랍이 과자로 꽉 찼고, 집 앞까지 찾아와 선물을 건네주는 여학생도 있었다. 지금은 그 시절 이야기를 하면 아무도 믿어주지 않지만.

기사식당에는 먹고 싶은 메뉴가 많았다. 매번 해수욕장에서 칼국수에 공깃밥을 먹다가 다른 것을 고르려니 고민이 되었다. 청국장을 주문하니 반찬이 한가득 나왔다. 갖가지 종류의 반찬이 모두 맛있었다. 나온 밑반찬을 싹싹 긁어 먹었다.

"공깃밥 값은 안 받을게. 혼자 왔으니까."

공깃밥도 공짜라니! 울릉도에서 2천 원이던 걸 생각하니 너무 감사할 따름이었다. 친절한 아주머니와 맛있는 밑반찬. 계산을 하고 나오면서 말했다.

"내일 아침에도 올게요!"

백사장 위에 텐트를 치고 배수도랑을 팠다. 샤워 도구를 챙겨 화장실로 갔다. 화장실은 악취가 심했다. 이동식 컨테이너 화장실인데 재래식이라 대변 냄새가 그대로 올라왔다. 숨쉬기가 힘들었다. 세면대에 물이 졸졸 나와서 손으로 물을 받아 샤워를 했다. 옷에서 땀 냄새가 심하지 않은 것 같아서 양말과 속옷만 비벼 빨았다. 공중화장실에서 샤워하는 일도 두 번쯤 해보니 아무렇지도 않았다. 사람이 들어올까 노심초사했던 마음도 사라진 지 오래였다.

오늘도 무사히 하루를 마치고 고단함에 잠이 들었다.

'두두둑' 떨어지는 빗소리에 일어났다. 방아머리에서 태풍을 맞고 나서는 빗소리가 조금만 들려도 벌떡벌떡 일어나게 된다. 비는 조금 내리다 그쳤다. 자전거에 걸쳐 널어 놓은 양말과 속옷을 텐트 안으로 가지고 들어왔다. 다시 잠이 들었다. '두두두둑' 더 크게 빗소리가 들려 잠에서 깼다. 두 시간이 흘러 있었다. 도랑을 잘 파놔서 텐트 바닥에 물이 들어오진 않았지만 안심하고 잘 수가 없었다. 불행히도 소나기가 아니었다. 비는 계속 내렸고 결국 바닥으로 빗물이 새어 들어왔다. 잠자긴 글렀다.

짐을 챙기고 텐트를 통째로 들고 해변을 빠져나왔다. 주변을 둘러보니 민박은 없고 모텔과 리조트만 있었다. 어선이 정박해 있는 콘크리트 지붕으로 된 항구가 있었다. 안에는 고기잡이 그물과 여러 가지 물품들이 널브러져 있었다. 그곳으로 들어가 잠시 비를 피했다.

잠시 뒤에 어부들이 왔다. 내가 있어도 되는 곳인지 눈치를 살피고 있는데, 나를 분명히 봤을 텐데 없는 사람 취급했다. 어부들은 무전기를 사용해 어디론가 보고를 하더니 바다로 금세 나갔다.

잠시 고민하다가 콘크리트 지붕 밑 구석에 텐트를 치고 잠을 잤다. 침낭을 덮었지만 추웠다. 추위에 잠에서 깼다. 침낭을 덮어도 추우니 추위를 피할 뾰족한 방법이 없었다.

그렇게 잠을 설치고 이른 새벽이 되었다. 어제 저녁을 먹던 식당에 불이 켜져 있어서 식당으로 들어갔다. 따뜻한 밥이 먹고 싶었다. 밥을 먹고 믹스 커피를 마시면서 아주머니와 지금까지 있었던 이야기를 했다.

여행 초기에는 전국일주를 하고 있다고 말하는 것이 나도 모르게 부끄러웠는데, 40일을 넘게 달리니 이제는 당당하게 말할 수 있었다.

"나중에 생각나면 다시 와."

아침저녁으로 맛있는 밥을 먹게 해주고, 밤새 추위와 싸운 나를 따듯하게 맞이해준 식당이라서 정말 꼭 다시 오고 싶었다.

"이만 가보겠습니다."

아주머니가 밖으로 배웅을 나오셨다.

"그려. 잘 가고. 조심해."

"네. 다음에 오면 꼭 다시 들를게요!"

속초로 찾아온 우리 가족

어머니와 누나가 속초로 오기로 한 날이다. 가시문 해수욕장에서
속초까지는 멀지 않았다.

자전거를 타고 달리니 비에 젖었던 옷이 다 말랐다. 빨래를 하루
안 했다고 옷에서 약간 퀘퀘한 냄새가 났다. 옷은 하루에 한 번씩 꼭
빨아야 한다.

속초에 도착하니 구름이 걷히고 햇빛이 들었다. 자전거를 세우고
잠시 쉬었다. 자전거 기어 주변에 모래가 다닥다닥 붙어 있었다. 모
래를 털어내려고 공중화장실로 갔다. 화장실 밖에 수도꼭지가 있고
호스가 연결되어 있었다. 호스를 이용해 자전거에 물을 뿌렸다. 묻어
있던 기름과 모래가 한꺼번에 씻겨 내려가는 모습을 보니 통쾌했다.

속초에 도착해서 여객선 터미널 근처 정자에서 쉬고 있을 때 전화가 왔다.

"어디야?"

누나였다. 전화를 끊지 않고 서로의 위치를 확인하면서 자전거를 타고 가다가 만났다. 출발한 지 42일 만이었다.

가족과 머무를 찜질방을 찾아갔다. 근처에 자전거를 묶었다. 어머니가 물었다.

"친구들은?"

이때까지도 어머니한테 혼자 다니고 있다는 말을 하지 않았다.

"친구들 없는데?"

"에? 어디 있어, 찜질방 갔어?"

"없다니까."

"고짓말하고 있네. 요새끼가."

그때 옆에서 누나가 말했다.

"진짜 같은데? 너 처음부터 혼자였지."

"친구들 어디 있어, 빨리 말해!"

어머니가 다그치듯 말했다.

● 어머니가 찍어준 사진

"혼자라고!"

그러자 누나가 말했다.

"엄마가 하도 걱정을 하니까 거짓말했겠지."

어머니한테 밥을 얻어먹었다. 점심을 먹으러 갈비집에 갔다. 역시 고기를 먹으니 힘이 난다. 가족들과 갯배도 타고, 아바이순대도 먹고, 해변에 앉아서 수다도 떨고, 영금정도 갔다가, 소라도 먹고, 등대 전망대도 올라갔다. 등대 전망대에 오르는 계단을 보고 어머니가 놀랐다.

"저길 어떻게 올라가."

"왜, 그래도 한번 가보자. 천천히 올라가면 되지."

같이 올라가서 전망대에서 멋있는 속초의 전경을 함께 보고 싶었다. 좀 더 젊었으면, 힘이 있었으면 아무렇지 않게 올라갔을 텐데, 이제는 전망대 계단도 올라가기 힘들 정도로 다리가 많이 아프신 어머니였다.

어머니는 그렇게 사셨다. 우리를 위해, 가족을 위해. 세상 어떤 어머니가 그렇지 않겠냐만은 우리 어머니는 나에게 특별했다.

우리 집은 자산이 없었다. 충북 단양이라는 시골 마을에서 할머니 할아버지를 모시고 한지붕 밑에서 살았다. 나중에 단양군 휴양림 개발 사업으로 택지 보상비가 나왔지만 돈은 큰고모가 모두 가지고 가셨다. 어머니는 무일푼인 아버지와 우리를 부양하셨다. 그 시절에 흔한 삶은 아니었다.

아버지는 장애가 있었다. 내가 초등학교에 들어갈 때쯤 병원에 입원하셨다. 어머니는 한 달에 두 번은 병원에 면회를 가셨다. 아버지 병원비와 부수적인 비용들을 모두 감당하셨다. 그럼에도 어머니는 자식들이 부족함 없이 자랄 수 있도록 키우셨다. 우리 남매가 다니고 싶은 학원도 보내주셨고, 우리에겐 개인 휴대폰도 있었고, 집에 컴퓨터도 있었다. 친구들 사이에서 부족함 없이 키우시기 위해 우리가 원하는 것들을 해주시면서 '나중에 다 나한테 갚아야 돼'라는 말을 하셨다. 어머니는 늦은 나이까지 저축을 하지 못하셨다.

나는 항상 궁금했다. 왜 그렇게 끝까지 가정을 지키셨는지. 충분히 이혼할 만한 가정환경이었고, 어머니가 그런 선택을 한들 누구도 뭐라 할 사람은 없었다. 외조부모님도 이혼을 하셨다. 부모님의 이혼으로 어머니는 그 삶이 온전치 않으셨나 보다. 그래서 누나와 나를 그런 상황에 놓이지 않게 지켜주셨던 것 같다.

어머니가 부양했던 조부모님의 택지 보상비를 가져간 큰고모도 있었지만, 우리 생활에 도움을 주셨던 작은고모와 큰아버지도 있었다. 내가 대학을 다닐 수 있었던 것도 큰아버지 덕분이었다.

어머니는 나름대로 삶의 균형을 유지하기 위해 할 수 있는 최선의 선택을 했을 것이다. 어머니는 이런저런 일을 많이 하셨다. 마지막에는 간병사로 오래 일하셨다. 간병을 하실때 주로 병원에서 숙식을 하셨다. 그래서 중학교 때는 주로 누나와 둘이 집에 있었고, 세 살 터울의 누나가 대학에 간 이후로는 나 혼자서 고등학교를 다녔다. 부족한 삶이었지만 내가 가지고 싶은 게 있으면 '나중에 다 갚아야 돼'라고 말씀하시면서도 다 해주셨다. 어머니는 우리를 위해서 저축을 할 수 없었고 자신의 노후도 신경 쓸 수가 없었다. 나는 어머니에게 감사하면서도 어머니의 그런 삶이 안쓰러웠다. 어머니에게 도움이 되고자 중학교 2학년 때부터 여러 가지 아르바이트를 했다. 신문 배달을 시작으로 중식 배달, 치킨 배달, 막창집 홀서빙, 패밀리 레스토랑 서빙 등을 했다. 내게 원하는 것을 사주시면서 나중에 다 갚아야 된다는 어머니의 말에 알겠다고 하면서 원하는 것을 가졌지만, 절대 나는 알겠다는 말이 빈말이 아니었다. 그 약속을 평생 지켜드리고 싶다. 좀 더 젊을 때 좋은 곳에 같이 다니고, 맛있는 음식을 함께 먹으러 다녔으면 좋겠다.

등대 전망대 계단을 천천히 올라갔다. 다리 아프다는 어머니에게 조금만 더 가면 된다고 말하며 등을 밀어주었다. 전망대에 올라 같이 전경을 바라보았다.

저녁을 먹고 찜질방으로 돌아왔다. 내가 물었다.

"내일 어떻게 할 거야?"

누나가 말했다.

"내일 시간 되면 통일전망대 가보게. 그러려면 아침 일찍 일어나야 돼."

"이왕 온 거 갔다오자. 지금 안 가면 언제 또 가볼지 모르잖아."

다음 날 통일전망대에 가자며 누나가 흔들어 깨웠다.

오늘만큼은 가족과 함께하고 싶어 자전거는 세워두고 차를 타고 갔다. 통일전망대에 들어가려면 전망대 5분 거리 밑에 있는 매표소에서 인적 사항을 작성하고 시청각 교육을 받아야 했다.

까다로운 절차를 마치고 통일전망대로 들어갔다. 올라가는 길에 게이트에서 헌병이 출입카드를 검사했다. 방문 차량이라고 적혀진 카드를 받아 차 앞에 올려놓았다.

게이트를 지나 통일전망대에 도착했다. 주차장에 차를 세워놓고 걸어 올라갔다. 전망대 1층에는 북한관이 있었는데 술, 음료, 통조림, 조리음식, 담배, 시계, 식기구, 화폐 등 북한의 생활용품들이 전시되어 있었다. 잠시 구경하고 2층 전망대로 올라갔다. 전망대에서 바라본 북한은 평화로운 모습이었다.

그렇게 가족들과 맛있는 음식도 먹고 관광도 하고 모처럼 여유 있는 시간을 보냈다.

속초로 돌아왔다. 누나와 엄마는 내일 출근해야 해서 저녁이 되기 전에 헤어졌다.

"몸 조심하고 파이팅 해!"

혼자 찜질방으로 돌아왔다. TV에서 엄청난 태풍이 올 거라고 대대적으로 방송을 했다. 방아머리에서 늦은 밤에 태풍을 맞았을 때 너무 힘들었기에 다시는 그런 상황에 처하고 싶지 않았다. 이왕 이렇게 된 거 찜질방에서 태풍이 지날 때까지 머물러야겠다 싶었다.

태풍의 영향권이 넓어서 태풍이 지나가기까지 이틀이 걸렸다. TV에서는 이틀 내내 태풍 경로와 피해 상황을 실시간으로 보도했지만 속초에는 하루밤에 영향이 없었다. 태풍이 한국을 지나는 날 창문이 깨질 것 같은 강풍이 있었지만 비는 오지 않았다. 태풍은 지나갔지만 왔던 태풍이 워낙 커서 태풍의 빈자리를 메우려고 다른 태풍이 올라온다는 소식이 전해졌다. 도대체가 올 여름엔 태풍이 몇 개나 오는 건지.

남은 시간은 5일, 내륙을 건너는 일만 남았다.

자전거일주를 준비하면서부터 수많은 선택의 순간이 있었다. 자전거일주를 할지 취업을 위한 스펙을 쌓을지부터 국토 종주길을 갈지 가고 싶은 길을 갈지. 찜질방에서 잘지 텐트에서 잘지. 왼쪽으로 갈지 오른쪽으로 갈지. 그렇게 끊임없는 선택의 순간을 지나고서야 나는 고성에 이르렀다.

방아머리 해변에서 태풍을 맞고 일주를 포기했다면 목포에서 진도까지 같이 달렸던 동생을 만날 수 없었을 것이고, 서해일주만 하고 돌아왔다면 제주에서 밥을 해줬던 삼촌을 만날 수 없었을 것이고, 남해를 돌고 부산에서 올라왔다면 울릉도에서 고향 형님들을 만날 수 없었을 것이다.

자전거일주 한번 해보자는 생각에 계획을 하고 준비를 하고 실행에 옮겼다. 그리고 포기하지 않고 달렸다. 평생을 살면서 잊을 수 없는, 다른 어떤 순간과도 바꿀 수 없는 추억이 생기고 인연이 생겼다.

내 의지도 중요했지만 달리면서 만나온 인연들의 친절함과 도움에 포기하고 싶은 순간에도 힘을 얻었다. 이 일주를 무사히 마무리하는 게 그 도움에 보답하는 일이었다.

나도 포기의 순간에 놓여 있는 누군가에게 다시 달릴 수 있도록 힘이 되어주는 사람이고 싶다.

서해

임진각
철원
양구
속초
도착
거여동
가사문 해수욕장
왕산 해수욕장
방아머리 해수욕장
낙성대
제부도 해수욕장
안섬휴양공원
울릉도 천부항
내수전 해수욕장
한섬 해수욕장
후정 해수욕장
태안읍

동해

무창포
해수욕장
오포 해수욕장

변산반도 해수욕장
구사포 해수욕장
구룡포
해수욕장
울산

목포대학교
수문포 해수욕장
갯마을
영등리
마을회관
남일대
해수욕장
남해
스포츠 파크
초전
해수욕장
남포동
와현 해수욕장
죽림 해수욕장
대흥리 신흥회관

완도

남해

이호 해수욕장
세화 해수욕장
표선 해수욕장
중문 해수욕장

제주도

5장 다시 서울로

장비

중고자전거, 1인용텐트, 침낭,
공기주입펌프, 펑크수리용품,
헬맷, 속도계, 카메라, 휴대폰,
배터리, 충전기, 비누, 노끈, 배낭,
수건, 칫솔, 가방싸개

입고

선글라스, 양말 1, 티셔츠 1,
축구복, 잠옷바지, 안면마스크
쿨링토시(분홍색), 반장갑,
쿨링토시(남색), 슬리퍼

먹고

백반 × 1
자장면 곱빼기 × 2
라면 × 1
빵 × 1
우유 × 1
순대국밥 × 1
순두부찌개 × 1
공기밥 × 1
육개장 × 1
김치찌개 × 1

자고

찜질방 × 2
공원(야영) × 1
지인네 × 1
학교 × 1

쓰고

• 밥: 47,900원
• 아이스크림: - 원
• 숙박: 16,000원
• 자전거: - 원
• 이동: - 원
• 기타: - 원

＊경기, 강원 북부 총 비용 :
63,900원

달리고

• 이동 기간: 5일
• 1일 최단 이동 거리: 28.61km
• 1일 최장 이동 거리: 110.87km

＊경기, 강원 북부 총 이동 거리 :
430.74km

강원도 터널의 공포

며칠 머물던 찜질방을 나왔다. 태풍이 지나간 뒤라 날씨가 맑고 화창했지만 바람은 여전히 강하게 불었다. 속도계가 움직이지 않아 건전지를 교체하고 고성 방향으로 향했다. 고성에 도착해서 식사를 하고 진부령으로 가는 46번 도로에 올랐다. 곳곳에 태풍의 영향으로 부러진 나뭇가지들이 있었다. '픽' 순간적으로 불어오는 바람이 얼굴을 때렸다. 다시 시작된 오르막과 맞바람의 고생길.

강원도 도로를 달릴 때는 산수 경치가 참 좋았다. 태풍이 오고난 뒤라 하천의 물도 많았고 물이 흐르는 소리도 들렸다. 울창한 나무들 사이에서 바람에 나뭇잎이 부딪치는 소리도 들렸다. 햇살은 눈부시고 따듯했는데 산길이라 시원했다. 웅장한 산의 기운을 받으며

달려서 기운도 솟았다.

　인제 방향으로 가는 46번 도로는 오르막길이 완만했다가 진부령 고개를 접어들 때는 경사가 심했다. 진부령 고개를 넘어 내려가는 길에 용대터널이 나오는데 46번 도로의 옛길이 있었다. 아스팔트로 포장된 차도와 같았는데 용대터널이 뚫린 후에 자전거도로로 바뀐 것 같았다. 이렇게 넓은 아스팔트 도로가 자전거 전용도로로 되어 있으니 달리면서도 신이 났다.

　한참을 내려가다가 양구로 들어가는 31번 도로에서 멈췄다.

　시간은 벌써 5시가 넘었고 양구까지는 30킬로미터 정도가 남았다. 산길로 30킬로미터를 더 달리려면 적어도 세 시간은 걸릴 것 같았다. 진부령 고개를 넘느라 체력도 고갈됐고 많이 고됐다. 고민하다가 저녁에 비 소식이 있기에 불안하게 야영하는 것보다는 맘 편히 찜질방에 들어가 자자는 생각으로 31번 도로로 접어들었다. 해가 지더라도 찜질방은 잘 찾아갈 수 있으니까.

　31번 도로는 도로 구배를 잘 맞추지 않았는지 바닥에 물이 많이 고여 있었다. 반대편에서 오는 덤프트럭과 나는 바닥에 물이 고여 있는 지점을 향해 서로를 바라보며 달리고 있었다. '촤아아아아' 고여 있던 빗물이 덤프트럭 바퀴에 밟혀 물벼락을 맞았다. 아저씨를

붙잡고 "현행법상 빗길 물 튀김 사고를 낸 행인에게 피해를 준 운전자는 2만 원의 범칙금을 부과받고요, 도로교통법 제49조 제1항 제1호에 '모든 차 또는 노면전차의 운전자는 물이 고인 곳을 운행할 때에는 고인 물을 튀게 하여 다른 사람에게 피해를 주는 일이 없도록 할 것'이라고 명시하고 있어요. 또 제160조 2항 1호에는 '제49조 제1항 제1호를 위반한 차 또는 노면전차의 운전자에게 20만 원 이하의 과태료를 부과한다'라고 되어 있는데 그렇게 물을 튀기시면 어떡합니까" 라고 따지고 싶었지만 이미 저 멀리 지나가고 없었다. 그리고 내가 행인도 아닌 것 같았다. 그냥 나는 크게 웃었다.

"하하하하하."

깊은 산속이라 내 웃음소리가 크게 메아리쳐 울렸다.

양구군과 인제군의 경계에 있는 광치터널을 지났다. 광치터널은 해발 550미터인 진부령보다 110미터 더 높은 해발 660미터에 있었다. 진부령 지난 지 얼마 되지도 않았는데 그 사이에 110미터나 더 올랐다.

광치터널을 지나니 신나는 내리막이 이어졌다. 차가 없는 구불구불한 신나는 내리막길에 차도를 다 쓰면서 내려갔다. 롤러코스터 타는 기분이었다.

"꺄오!!"

내가 지른 소리가 메아리치며 울렸다. 팔도 벌려서 바람을 한껏 느끼니 자유로움이 느껴졌다. 양구라는 이정표 숫자가 16킬로미터에서 11킬로미터가 될 때까지 계속 내리막길이었다. 너무 즐거웠다.

내려가는 도중에 군부대가 있었는데 군인들이 경계 보초를 서고 있었다. 자전거를 타고 지나가니 나에게 경례를 했다. 짧은 순간에 목인사로 답했다. 광치터널의 내리막이 아쉽게 끝나고 부지런히 양구까지 달렸다.

언제나 오르막은 힘들고 내리막은 금방 끝난다. 쌓기는 어렵지만 무너뜨리기는 쉬운 것과 같다. 어떤 결과물을 얻기 위해서는 끝까지 몰아붙여야 겨우 될까말까하다. 그래도 가능성이 있다면 실패를 두려워 말아야 한다.

● 광치터널

실패라고 말하고 싶지 않다. 실패는 없고 시행착오가 있을 뿐이다. 시행착오가 많을수록 더 튼튼한 기초가 된다. 가능성을 열어두고 도전하지도 않으면 결과에 대한 생각조차 못 하게 된다. 도전하고 시행착오를 겪고 또 도전해야 그나마 작은 성공을 이룰 수 있다. 그리고 그 작은 성공이 모여 큰 성공을 이룬다.

결과를 얻을 때까지 끈기를 갖고 포기하지 말아야 한다. 체념한 삶, 희망이 없는 삶, 그런 삶은 싫다. 나는 견고히 쌓아서 어떤 고난에도 무너지지 않는 사람, 그런 사람이 되고 싶다.

양구에는 찜질방이 하나 있었다. 어디로 갈지 고민할 필요가 없어서 좋았다. 찜질복과 수건을 한 장 주었고 보관함 열쇠는 없었다. 실내에는 차갑고 습한 기운이 돌았다. 탈의실은 10평 남짓. 탈의실 보관함은 다 열려 있었다. 작은 TV가 바닥에 놓여 있고 아저씨 한 분이 바닥에 앉아 TV를 보고 있었다. 정수기와 드라이기가 있는 것이 다행일 정도였다.

샤워장에는 스탠드 형 샤워기 3대와 좌식 샤워기 3대가 있었고 탕은 없었다. 늘 하던 대로 샤워와 빨래를 했다. 탈의실 옆에 수면실이 있었고 불은 꺼져 있었다. 바닥에는 짚으로 된 카펫이 깔려 있었다. 매트리스가 몇 개 있었는데 낡고 찌든 때가 있었다.

수면실에 문이 없어서 복도에 사람들이 왔다 갔다 하는 소리와 시끄럽게 대화를 나누는 소리가 들렸다. 잠을 제대로 잘 수가 없었다. 둘러보니 지하에도 수면실이 있어서 계단을 따라 내려갔다. 벽은 황토색이었고 주황색 전구가 켜져 있었다. 선풍기 한 대와 고장난 안마기 한 대가 덩그러니 놓여 있었다. 계단을 돌아 안쪽으로는 고장 나 보이는 운동기구와 사다리가 놓여 있었고 매트를 잔뜩 깔아 놓고 코를 드르렁드르렁 골며 주무시는 아저씨가 한 분 있었다.

그나마 지하가 조용했다. 콘센트가 있어 휴대폰을 충전하고 매트를 펴고 누웠다. 쌀쌀했다. 찜질복이 반팔 반바지여서 노출되는 살이 차가워서 추웠다. 음산한 분위기에 무섭기는 했지만 찜질방 내에 놀러온 가족들이 있어 그나마 안심이었다.

내일도 또 올라오는 태풍에 전국이 영향권이라는데 고민이다. 야영은 할 수 없어도 가야 했다. 시간이 없다.

다음 날 팔다리가 시려서 일어났다. 따듯한 물로 샤워를 하고 나왔다. 밖에는 보슬보슬 비가 왔다. 북쪽에 있던 460번 도로를 이용할지 남쪽으로 계속되는 46번 도로를 이용할지 고민하다가 46번 도로를 탔다. 이렇게 많은 터널을 만날 줄 알았다면 이 도로를 타지 않

았을 텐데. 터널을 지나는 건 공포 그 자체였다.

　살면서 터널 안을 지나가는 자전거는 본 적도 없는데, 본 적도 없는 행동을 내가 하려니 이게 맞는 건가 싶었다. 터널 안은 대체로 어두운 데다 갓길이 넓지 않았다. 잠깐 지났던 짧은 터널과는 차원이 달랐다. '쿠우우우웅' 터널 안으로 차가 진입하면 차 소리가 울려서 저 멀리 뒤떨어져 있어도 바로 뒤에서 달려오는 것처럼 들렸다. 작은 승용차여도 터널 안에서 울리는 소리는 덤프트럭 같이 느껴졌다.

　서울에서 겪었던 지하차도의 트라우마 때문에 차들이 내가 보이지 않을 것 같은 어두운 터널을 들어가고 싶지 않았지만 다른 길이 없었다. 터널 안으로 들어가는 순간 발에 모터라도 단 듯 페달을 밟

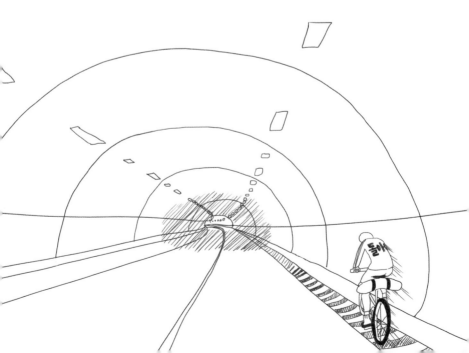

았다. 터널을 하나 지나면 비와 자욱한 안개 때문에 다음 터널은 보이지도 않았다. 안개 속을 달리다 보면 앞에 다른 터널이 짠하며 마법처럼 나타났다. 터널 하나를 지나면 또 하나가 나왔고, 또 하나를 지나면 또 하나가 나왔다. 그렇게 웅진3터널, 웅진2터널, 웅진1터널, 수인터널, 추곡터널까지 다섯 개의 터널을 지났다. 터널을 지날 때마다 얼마나 긴장을 했는지. 마지막 추곡터널을 지나고 461번 도로를 만나면서 터널이 끝나자 안도감에 온몸의 긴장이 풀렸다.

출발할 때부터 도착할 때까지 비가 내렸다. 발은 모래 범벅이 되었고 양말은 완전히 걸레가 되었다. 화천에 도착해 잠시 숨을 돌리려고 재래시장의 공중화장실을 찾았다. 종아리에 묻은 모래와 기름을 닦아냈다. 양말도 빨아서 다시 신었다.

마지막까지 나를 괴롭혔던 펑크

461번 도로를 이용하다 5번 도로와 만났다. 5번을 타고 얼마 지나지 않아 민통선(민간인 통제선) 검역소가 나왔다. 이쪽으로 들어가는 차의 주인은 대부분 마을 주민들이었다. 게이트 앞에 차들이 줄지어 있었는데 자전거를 타고 그 줄에 섰다. 들어가는 절차가 까다롭지는 않았다. 주민등록증을 검사한 후 장부에 개인 정보를 적고 민통선 임시출입자 서약서를 작성한 후 가지고 들어가서 다음 초소에서 서약서를 주고 나오면 되었다. 문제는 자전거였다. 다음 초소까지 30분 이내로 나와야 했는데 자전거로는 그럴 수가 없었다. 병사가 나에게 물었다.

"어디까지 가시나요?"

"김화 지나서 철원으로 나갈 거예요."

그러자 누군가와 무전을 하더니 말했다.

"들어가세요."

민통선을 지나서 달리는 길에는 곳곳에 군부대가 많았다. 지나가던 길에 공원이 하나 있었는데 급해서 화장실을 이용했다. 어린 시절에 살던 시골 마을에서도 집에 재래식 화장실이 있었다. 화장실에 똥이 가득 차면 긴 막대 손잡이가 달린 도구로 똥을 퍼서 나무에 뿌렸었는데, 오랜만에 보는 재래식 화장실이 나름 반갑기도 했다.

해발 690미터인 말고개를 넘을 때 오르막 경사가 완만해서 자전거 타기가 수월했다. 말고개 정상을 지나 이어지는 긴 내리막길. 불어오는 맞바람에 추워서 몸이 떨렸다. 북쪽이라 추운 건지 산 속이라 추운 건지 비가 와서 추운 건지 군부대라 추운 건지 잘 모르겠지만 추웠다. 내리막을 내려가 조금 더 지나니 다음 초소가 나왔다. 가지고 있던 서약서를 냈다.

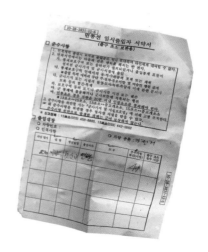

"자전거 나갑니다."

병사가 무전으로 내가 나가는 것을 알렸다.

정오가 조금 넘은 시간에 초소를 빠져나왔다. 5번 도로에서 43번 도로로 갈아탔다. 하늘은 여전히 뿌옇게 흐렸고 빗줄기는 더 세졌다.

신철원까지 14킬로미터 남은 지점에서 뒷바퀴에 가시가 박혔다. 항상 도착지를 얼마 남겨두지 않고 이렇게 펑크가 나니 환장할 노릇이었다. 비를 맞으며 근처 마을까지 펑크 난 자전거를 끌고 걸어갔다. 물을 구해야 했다.

첫 번째 집.

"계세요? 계세요?"

사람이 없었다. 두 번째 집.

"계세요? 계세요?"

"누구야."

할머니가 고개를 내밀었다. 사정을 말하니 마당에 있던 수도를 흔쾌히 쓰게 해주셨다. 수리에 열중하고 있는데 할아버지가 나왔다. 수리하는 것을 지켜보더니 말했다.

"내가 해줄게, 나와 봐."

시골 마을에 사는 할아버지들은 대부분 자전거를 능숙하게 고칠 줄 아는 것 같았다. 할아버지가 수리하는 것을 지켜보고 있자니 배가 갑자기 아파서 부탁을 드리고 화장실을 사용했다. 또 재래식 화장실이었다. 볼일을 보고 나오니 할머니가 수건을 주셨다.

"이걸로 머리 닦아."

할아버지가 수리를 다 해놓으셨다. 나를 아는 분들인가 착각이
들 정도로 친절히 대해주셨다.

철원에 도착해서 찜질방을 찾았다. 비 맞지 않는 곳에 자전거를
세워두고 들어갔다. 탈의실에서 짐을 확인했다. 배낭, 침낭과 텐트,
지도, 옷이 전부 젖어 있었다. 젖은 짐들을 빨아 사우나에서 말렸다.
사우나가 내 짐으로 꽉 찼다. 몇 분 지나지 않았는데 금방 말랐다.
일기를 써놨던 종이가 빳빳하게 말라 뜨거웠다.

출발할 때부터 하루 종일 비를 맞으며 달렸다.

제발 비 좀 그만 왔으면.

다시 서울

오늘의 목표는 파주. 어제와 달리 날씨가 화창했다. 43번 도로를 이용해 남쪽으로 내려갔다. 얼마 지나지 않아 눈에 들어온 이정표. 서울 79킬로미터. 하루면 달릴 수 있는 거리다. 서울이라는 글씨가 많은 생각을 들게 했다. 이 일주도 곧 끝이라는 뜻이다.

자전거일주를 시작하기 전까지 나는 선택한 삶의 방향으로 잘 달리고 있었고 그대로만 가면 더 나은 삶이 기다리고 있을 거라 생각했다. 그런데 현실의 길은 내가 희망했던 삶의 길이 아니라는 생각이 들었다. 그려지는 어두운 미래에 가슴이 답답했다.

현실의 굴레에서 벗어나야 했다. 이 길이 맞는지 다시 한 번 생각해 볼 필요가 있었다. 그래서 나에게 자유를 줬다. 잠깐의 자유를 즐

겼다. 짧은 자유가 쉽게 얻어지진 않았다. 지독한 육체적 고통을 감내해야 했다.

요한 볼프강 폰 괴테의 《파우스트》에서 백발이 된 파우스트가 숨을 거두며 이런 말을 남겼다. "자유도 생명도 날마다 싸워서 얻는 자만이 그것을 누릴 자격이 있는 것이다." 매 순간이 만족스럽고 매 순간이 행복한 삶은 없다는 것이다.

롤프 메르클레는 이런 말을 남겼다. "인생은 평화와 행복만으로는 지속될 수 없다. 고통과 노력이 필요하다. 고통을 두려워하지 말고 슬퍼하지 말라. 참고 인내하며 노력해가는 것이 인생이다. 희망은 언제나 고통의 언덕 너머에서 기다린다." 고통을 두려워하지 말고 참고 인내하며 노력하는 게 인생인 것이다. 그렇다고 무조건적으로 참고 견뎌야 하는 것은 아니다. 인공위성을 궤도에 올리기 위해서 3단 분리를 이루면서 나아가는 것처럼 그 궤도에 오를 때까지 인내하고 견뎌 낸다면 반드시 귀중한 삶의 결과물을 얻을 수 있으리라 믿는다. 고통 너머에 진짜 나의 희망이 있고, 진정한 자유가 있다고 믿는다.

43번에서 78번 도로로 접어들었다. 포장된 아스팔트 도로를 따라 계속 달렸다. 78번 도로가 끝나는 지점에는 87번 도로가 있었다. 비둘기낭 표지판을 지나 포장도로로 계속 들어갔는데 어느 순간 비포장도로가 나오더니 길이 아예 없어졌다. 이곳으로 들어온 다른 사람들도 길을 잃고 모여 있었다. 그중에 한 명이 내게 물어왔다.

"여기가 비둘기낭 폭포 가는 길이에요?"

"저도 잘 모르겠어요. 근데 87번 도로로 나가려면 어떻게 가야 해요? 큰 도로요."

"글쎄요. 저도 잘 모르겠네요."

대부분 비둘기낭 폭포에 온 사람들이었다. 그때 측량 업무를 하는 한 무리의 사람들이 보였다.

"아저씨. 혹시 87번 도로로 나가려면 어떻게 가야 해요?"

"87번 도로가 뭐야?"

"큰길로 나가야 해요."

"그럼 이리로 오면 안돼. 반대로 나가야지"

"반대쪽에서 오는 길이에요. 파주 쪽으로 가려고요."

"아. 근데 그 길은 자전거로 가긴 힘들 텐데. 이 마을로 들어오기 전에 갈림길에서 비포장도로 쪽으로 올라가야 돼."

아저씨가 말한 길로 가보니 차 한 대가 지나가는 게 보였다. 저기구나!

울퉁불퉁한 비포장도로는 매끈한 아스팔트 도로보다 달리는 재미가 있었다. 78번 도로를 지나는 길에 미군들이 장갑차를 타고 훈련 중이었다. 비포장도로가 끝나는 지점에는 경찰들이 교통정리를 하고 있었다. 군사 지역인가 보다. 후에 포장도로가 다시 나왔고 곧바로 87번 도로가 나타났다. 87번 도로를 타고 아래쪽으로 내려오다가 37번 도로를 만났다. 그 길로 문산을 지나 파주로 접어들었다.

37번 도로는 길고 곧게 뻗어 있었다. 화물차도 많이 지나갔다. 화물차는 대부분 마지막 차선으로 달렸는데 갓길로 달리던 나를 위협하기도 했다. 차선을 꽉 채워 화물차 네다섯 대가 줄지어 지나가기도 했다. 화물차가 너무 가까이 와서 위험했던 순간이 여러 번. 그렇게 문산 교차로에 도착했다.

파주까지 가서 찜질방에 가려고 했지만 37번 도로와 1번 도로의 교차로에서 잠시 고민했다. 1번 도로를 타고 파주로 내려가서 찜질방에 들어갈 것인가. 임진각에 가서 텐트를 칠 것인가. 태풍은 지나간 듯했고 날씨가 좋아서 마지막으로 야영을 하고 싶었다.

임진각은 한적하고 조용했다. 비가 내린 다음이라 잔디에 물이 맺혀 있었다. 물방울 맺힌 잔디가 바람에 흔들리며 햇살에 빛이 반사됐다. 임진각의 바람개비 언덕은 동화 속 언덕처럼 아름다웠다.

생각보다 일찍 머무를 곳을 찾은 덕에 여유가 생겨 임진각을 둘러봤다. 자유의 다리도 가보고 경의선 장단역 증기기관차도 봤다. 기관차는 한국전쟁 중 탈선된 후 반세기 넘게 비무장 지대에 방치되어 있었다고 한다. 기관차에는 1020여 개의 총탄 자국과 휘어진 바퀴가 그대로 보존되어 있어 당시의 참혹했던 상황을 보여줬다.

식당에는 아주머니 세 분이 수다 중이었고 손님은 없었다.

"육개장 하나만 주세요."

곧바로 식사가 나왔다. 밥을 먹고 있는데 아주머니가 요구르트를 주면서 말했다.

"학생, 자전거 타고 왔나 봐."

"네."

웃으며 말했다.

"우리 아들도 20일 넘게 자전거 전국일주 했는데. 학교 신문에도 나오고 그랬어. 아들 생각이 나서 요구르트 준 거야."

"고맙습니다."

잔디 언덕에 자리 잡아 텐트를 치고, 장애인용 공중화장실에서 샤워를 했다. 콘센트도 있어서 충전기도 꽂아두었다. 날이 어두워지자 안개가 짙어졌다. 부대 근처라 사격 소리도 들렸다.

드디어 내일 서울로 가는 건가?

"끼이익. 끼이익."

새벽에 이상한 소리가 나서 잠에서 깼다. 임진각 공원의 넓은 주차장에서 차 두 대가 드리프트를 하고 있었다.

"으하하."

"으하하."

둘은 재밌다는 듯 웃으며 계속 드리프트를 했다. 보통 솜씨는 아닌 것 같았다. 잠시 후 어디선가 방송이 나왔다. 뭐라고 말했는지 정확히 기억은 나지 않지만 그만하고 돌아가라는 소리였다. 새벽에 드리프트 하는 사람들을 만난 것도 신기한데, 그 상황을 어디선가 지켜보고 방송을 한다는 것도 참 신기했다. 방송이 나오고 차는 사라졌다.

다음 날 드리프트 자국은 임진각 주차장에서부터 공원 입구까지 선명하게 나 있었다. 꿈인지 생시인지. 새벽에 비몽사몽한 채로 차바퀴 소리와 드라이버의 웃음소리, 게다가 방송 소리도 들었는데 아무 일도 없었다는 듯 조용했다.

77번 자유로를 따라 달렸다. 헤이리 마을, 출판단지를 지났다. 출판단지부터는 자전거 타는 사람들이 많았다. 출판단지를 나오면서부터는 나도 자전거도로로 달리고 싶었는데 어쩌다 보니 자유로에 올라섰다.

일산대교를 지나 김포대교에 거의 다다라서 또 펑크. 망할 펑크. 철사가 박혔다. 물이 없어서 침을 발라 기포를 확인했다. 도로 한복

판에서 자전거를 세워놓고 30분 만에 수리를 마쳤다. 신행주대교까지 달렸다. 대교를 건너서 한강으로 내려왔다. 주말이라 한강에 자전거 타시는 분들이 많았다. 자전거 타고 한강에 처음 와봤는데 이렇게 많은 사람들이 있을 줄은 몰랐다.

비싸고 멋있는 자전거도 많고, 옷까지 갖추고 타시는 분들이 많았다. 7만 원 중고자전거에 파란색 축구복을 입고 짐칸에 배낭을 싣고 자전거를 타는 사람은 나밖에 없었다. 한참을 달리다 올림픽 대교를 지나기 전에 연내천에서 자전거도로를 타고 88올림픽 공원으로 들어갔다.

어머니는 거여동 고모네 집에서 나를 기다리고 있었다. 자전거를 밖에 세워두고 집으로 가니 어머니가 플래카드를 걸고 맞이해 주었다. 어머니는 항상 걱정해 주었고 항상 곁에 있었고 항상 반겨주었다. 그런 어머니가 있어서 행복했다. 어머니가 차려준 밥을 먹고 있는데 고모가 외출하고 돌아오셨다. 바로 학교로 돌아가려고 했으나 고모의 만류에 하룻밤 신세를 졌다. 어머니는 다음 날 지하철을 타고 학교로 돌아가라고 했지만 그러고 싶지 않았다. 출발했던 곳에 다시 자전거를 타고 도착하고 싶었다.

출발지로 돌아오다

다음 날 일어나 아침을 먹고 고모는 교회에 가셨다. 정오가 되어서 누나가 왔다. 점심을 같이 먹고 학교에서 만나기로 했다.

"나는 자전거 타고 가니 누나랑 엄마는 한 시간 뒤에 출발하면 비슷하게 도착할 것 같아."

잠실 철교를 건넜다. 이제는 제법 도심지도 잘 달렸다. 아차산 방향으로 가서 5호선 길을 따라 중랑천으로 들어갔다. 자전거 무게를 확인하고 싶어서 근처에 있던 자전거 센터에 들어갔다.

"안녕하세요. 자전거 무게 좀 확인하고 싶어서요."

아저씨 세 명이 멀뚱멀뚱 쳐다봤다.

"자전거 무게는 왜 재는겨?"

고작 접이식 생활 자전거의 무게가 왜 궁금하냐는 말투였다.

"확인해 보고 싶어서요."

옆에 있던 다른 아저씨가 말했다.

"마니아들은 이런 거 다 기록한다니까."

"저는 마니아가 아니에요."

웃으면서 대답했다.

"어디 갈라고?"

"다녀왔어요."

"어디? 부산?"

"전국일주 하고 오는 길이에요."

무게를 재어 보니 자전거 20킬로그램, 텐트 2킬로그램, 배낭 6킬로그램이었다. 재어 본 것만 28킬로그램.

매일 달리던 그 모습 그대로 학교 정문을 통과했다. 마치 마라톤에서 피니시 라인을 통과하듯이 출발했던 그 자리로 49일 만에 다시 돌아왔다. 학교 정문에는 "건축공학과 학부생 이광수 전국일주 성공을 축하합니다"라는 현수막이 걸려 있고, 각종 언론사에서 피니시 라인 통과하는 모습을 생방송에 내보내기 위해 카메라를 들고 삼삼오오 모여 있고, 내 모습을 보려는 다른 학부생들도 일부 나와 박수 치고 있는 상상을 해보기도 했다. 그만큼 특별한 성취를 이룬 느낌이었다.

상상과 같은 일은 없었다. 그렇다고 아쉬운 기분도 아니었다. 애초에 인간의 한계를 이겨내고 일주를 성공해서 주목을 받고 유명해지는 것을 바란 게 아니었다.

정문을 통과해 기숙사로 갔다. 멈추지 못하고 기숙사 앞에서 몇 바퀴를 더 돌았다. 기분이 이상했다. 나는 충분히 더 달릴 수 있는데, 이제 멈춰야 했다. 자전거를 타는 도중에는 언제까지 달려야 될까 막막한 순간이 있었는데, 이제 일주를 끝내는 시간이 된 것이다.

마침 기숙사 룸메이트 형이 마중을 나왔다. 나를 보더니 눈이 동그랗게 커지며 호탕하게 웃었다.

"야, 너 대단하다. 얼마나 걸린 거야?"

여러 가지 질문에 대답을 해주며 자전거를 세우고 함께 방으로 들어갔다.

49일 전이나, 도착한 지금이나 달라진 건 없었다. 내가 지내는 기숙사, 내가 다니는 학교, 내 친구들, 학교 동기들, 우리 가족 모두가 그대로였다. 전국일주를 했다고 생활이 더 윤택해지는 것도 아니었고, 삶의 환경이 더 나아지는 것도 아니었다.

기숙사에 도착해서 자전거를 자전거 보관대에 세워두고 식당에서 방 비밀번호를 받았다. 방으로 들어와 짐을 풀고 엄마와 누나에게 연락을 했다. 엄마와 누나는 일찌감치 도착해서 학교 카페에 와 있었다. 가족들과 저녁을 먹고, 집에 간다는 어머니를 배웅했다.

그렇게 49일 만에 자전거일주가 마무리되었다.

에필로그

☆

그 장비로, 그 중고자전거로 누구도 할 수 없다고 했던 전국일주를 해냈다. 예산도 만족시켰다. 내 삶의 상황과 흡사해 보였던 초라한 장비였지만 시도도 해보지 않고 포기하지는 않았다.

살면서 우리가 어떤 결과를 만들어내려고 한다면 견문이나 시야의 확장을 위해 교육을 받고, 이를 바탕으로 나만의 계획을 세워 결과를 그려보고, 그에 맞는 실행과 수정을 반복하고, 마침내 결과를 만드는 과정으로 나아간다. 그것에 완전히 익숙해지면 그 다음 단계의 교육을 받고 계획하고 실행하고 결과를 만들어낸다. 그리고 그것을 성장이라고 말한다.

목표가 없으면 교육 단계에서 의지를 상실한다. 목표와 열정이 있으면 교육과 계획, 실행의 단계까지는 올 수 있지만, 결국에 결과를 만들어내는 것은 목표에 대한 의지와 끈기다. 실행 단계에서 포기하지 않아야 하니까. 계획을 세우다 보면 현실적인 문제와 부딪치기도 한다. 하지만 그건 큰 문제가 아니다. 방식이나 사고의 전환으로 이겨낼 수 있는 문제가 대부분이라고 생각한다. 여건이 돼서 처음부터 높은 단계에서 시작하면 좋겠지만, 내가 할 수 있는 것부터 단계적으로 이뤄나가면 아무리 큰 목표라도 이룰 수 있다. 성장도 복리의 마법이 있으니까. 그렇게 달리고 있으면 거제도에서 히치하이킹에 성공했던 것처럼 나의 목표에 공감해주는 사람들로부터 도움을 받는 경우도 생겨 몇 단계를 뛰어넘을 수 있는 천운이 생기기도 한다. 중요한 것은 내가 목표를 향해 달리고 있어야 도움을 주는 사람도 생긴다는 것이다.

나만 다른 세상에서 사는 것 같았는데 뒤를 돌아보니 그렇지 않았다. 생각해 보면 나는 출발할 때도 지인들의 도움을 받았다. 기숙사를 신청하지 않고 신세를 진다고 했을 때 흔쾌히 허락해준 동기도 있었고, 공기주입 펌프와 땜질용품, 사이클 헬멧, 장갑을 빌려준 동기도 있었다.

자전거를 타면서부터는 자전거가 부실하고, 라이트가 희미하다고 걱정해준 왕산 해수욕장에서 만난 사장님도 있었고, 아들 같다며 김치찌개를 끓여준 아저씨고 있었고, 내 이야기를 듣고 싶다던 중학교 선생님들도 있었고, 목포대학교에 초대해 줬던 형들과 한 번도 보지 못했는데 전복 한 상을 차려준 갯마을 수선 사장님도 있었다.

해변에서 처음 만나 파인애플을 사준 긴수염 아저씨, 바닷가에서 만나 같이 수영도 즐기며 아침저녁도 해준 정성은 삼촌, 식당에서 흔쾌히 밥값을 내준 아저씨, 초코바를 줬던 주유소 사장님, 김밥을 사준 마을회관 이장님도 있었다. 울릉도에서 만난 고향 형님들과 등산할 때 만나 함께했던 그녀들, 갑자기 찾아와도 반겨준 합기도 관장님, 그리고 속초까지 만나러 와준 누나와 어머니. 기숙사에서 마중 나와 준 룸메형도 있었다. 이런 도움을 받을 수 있었던 것은 내가 달리고 있어서였다. 내가 지금까지 잘 살아올 수 있었던 것도 가족과 친척들 그리고 친구들, 동기들, 주변의 많은 사람들의 도움 덕분이었다.

　기억 속 어머니는 항상 밝고 지금도 그렇다. 속상해서 눈물 흘리는 일도 없고, 아무리 좋지 않은 상황이 있어도 훌훌 털어냈다. 항상 웃고 즐겁게 지냈다. 많은 짐을 짊어지고 우리를 키워내야 하는 도전적인 상황에서도 어머니는 끝까지 해냈다. 그런 어머니를 보고 자라와 나도 그런 자세들을 닮았나 보다.

　어머니가 항상 하는 말이 있다. '속상해봤자 나만 손해야. 웃자.' '우리보다 더 힘든 사람들도 많아' 어머니는 처한 상황에 불만을 비추지 않았다. 지금의 삶을 인정하고, 삶을 바라보는 태도를 바꿨다. 나도 내 상황에 불만을 가지기 보다 세상을 바라보는 눈을 바꾸기로 했다. 행복의 원인을 외부에서 찾으면 결코 행복할 수 없다. 어제보다 좀 더 나은 나의 오늘을 살면 행복해질 수 있다. 그리고 내가 받았던 것처럼 앞으로 나는 나보다 더 좋지 않은 환경에 있는 사람들을 보살피고, 그들이 도전할 수 있고 포기하지 않을 수 있도록 도와주는 일을 하고 싶다. 그럼 남들보다 덜 가졌어도 더 행복하게 살아갈 수 있다고 믿는다.

전국일주 다음 날 개강 수업이 있었다. 다리는 여전히 욱신욱신 아팠지만, 여느 때와 같이 수업에 들어갔다. 방학 잘 보냈냐며 서로 안부를 물었다. "나는 그냥 여행 좀 했어" 굳이 힘들었던 자전거 전국일주를 했다고 말하지 않았다. 각자 사정이 있고, 살아가야 하는 삶이 있다. 내가 자전거를 탄 만큼 다른 사람들도 그 시간을 다른 곳에 의미 있게 쓰지 않았을까. 짧은 49일이었지만 2년은 쉬었다 돌아온 기분이 들었다. 학교, 공부, 아르바이트의 반복적인 틀에서 살다가 49일간 매일 변화무쌍한 경험을 하다 왔으니 그럴 만도 했다.

'왜 하필 나에게 이런 일이 생긴 것일까', '왜 나만 이렇게 불행할까'라는 물음은 나에게 더 강하고 단단해지라고 신이 주신 선물이라고 생각했다. 맹자는 이렇게 말했다. "하늘이 장차 그 사람에게 큰 사명을 주려 할 때는 반드시 먼저 그의 마음과 뜻을 흔들어 고통스럽게 하고, 그 힘줄과 뼈를 굶주리게 하여 궁핍하게 만들어 그가 하고자 하는 일을 흔들고 어지럽게 하나니, 그것은 타고난 작고 못난 성품을 인내로써 담금질을 하여 하늘의 사명을 능히 감당할 만하도록 그 기국과 역량을 키워주기 위함이다."

자전거는 멈췄지만 나는 앞으로 또 어떤 페달을 밟아야 할까. 내가 건축을 선택한 이유는 나의 작은 노력으로 개선된 주거환경이 그곳에 거주하는 사람에게는 더 큰 행복으로 다가갈 수 있다는 믿음 때문이었다. 집수리 봉사활동을 오랫동안 했던 이유도 환경 개선에 대한 만족감이 있어서였다. 우리가 집이라는 공간을 만들고 모여 사는 이유도 더 안전하고 편안히 쉴 수 있는 환경을 바라는 마음, 나아가 우리 동네가 더 아름다웠으면 하는 바람 때문이다. 열악했던 주거환경이 개선되면 더 아름다운 우리 동네, 더 아름다운 우리 사회가 될 수 있을 것이다. 나는 충분히 내 삶도 바꾸고, 더 나은 환경에서 살아갈 수 있도록 우리의 삶에도 기여하고 싶다. 이 일주를 완주하기 위해 하루하루 꾸준히 페달을 밟은 것처럼 또 다른 페달을 밟을 것이다.

나는 나 자신을 믿는다. 희망을 갖자.